..., 2 vol. in-18.

724 Sacrifice de l'amour 2 vol. in-18.

725 Salvador, ou le baron de mont-Belliard, traduit de l'anglais, 2 vol. in-12.

726 Sainville ou sagesse et folie, 3 vol. in-12.

727 Saint Alme, par gorgi, 2 vol. in-18.

728 Saint Claire et Stéphanie, 1 vol. in-12.

729 Saint Hélène et montrose, 2 vol. in-12.

685 Pauliska, ou la perversité moderne, 2 vol. in-12.

686 Persile et Sigismond, histoire septentrionale, 4 vol. in-12.

CONTES

DES FEES.

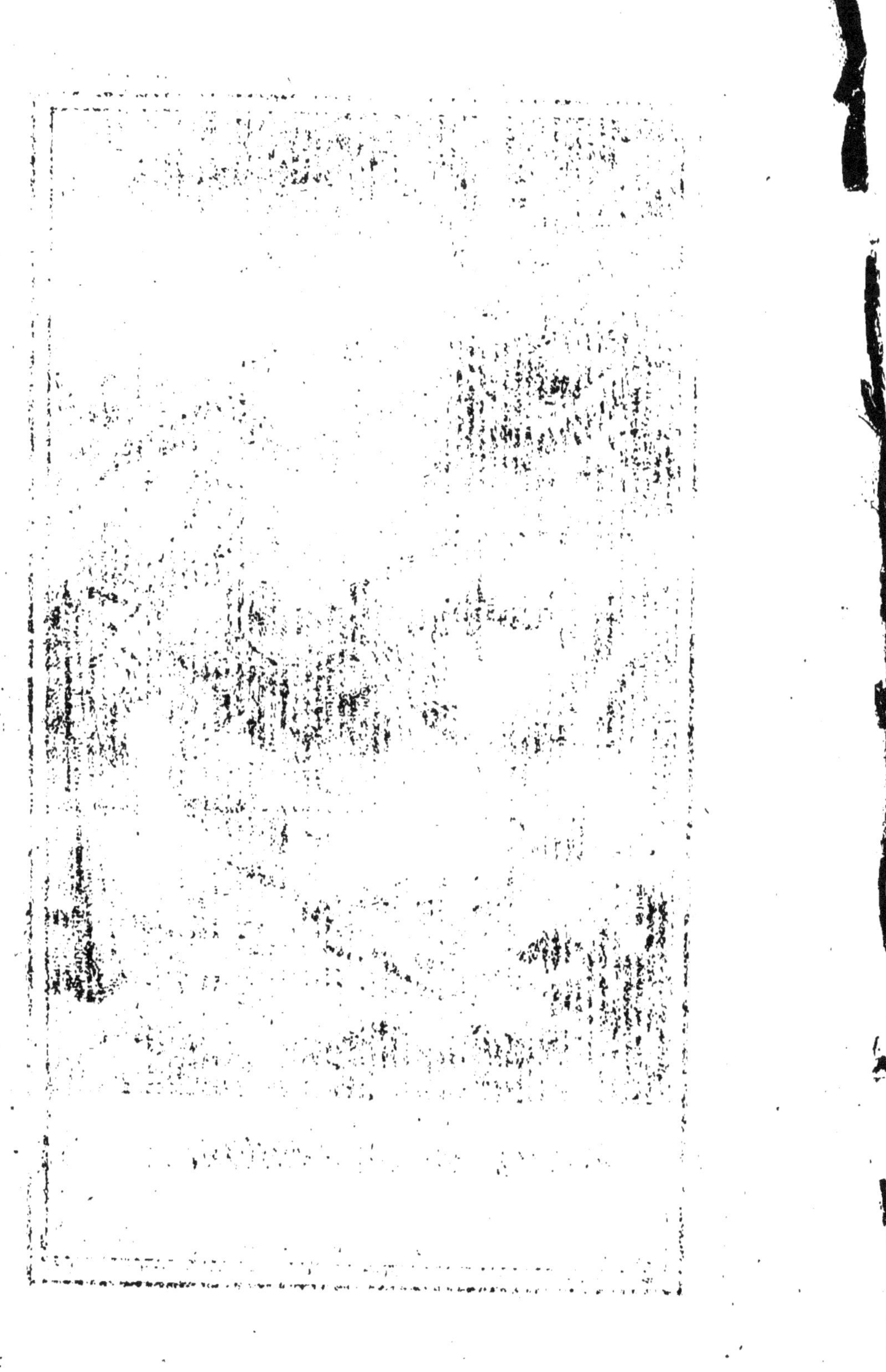

Je suis la Fée Lionne...

CONTES

DES FEES,

Contenant : la Grenouille bienfaisante; le Mouton et le nain Jaune,

Ornés de trois jolies gravures.

PAR MADAME D'AUNOIS.

PARIS,

Chez BORDET, Libraire, boulevard Italien, N°. 35, près la rue de la Loi.

LA GRENOUILLE BIENFAISANTE,

CONTE.

Il était une fois un roi, qui soutenait depuis long-tems une guerre contre ses voisins : après plusieurs batailles, on mit le siège devant sa ville capitale; il craignit pour la reine; et la voyant grosse, il la pria de se retirer dans un château qu'il avait fait fortifier, et où il n'était jamais allé qu'une fois. La reine employa les prières et les larmes pour lui persuader de la laisser auprès de lui; elle voulait partager sa fortune, et jeta les hauts cris lorsqu'il la mit dans son charriot pour la faire partir; cependant il ordonna à ses gardes de l'accompagner, et lui promit de se dérober le plus secrètement qu'il pourrait pour l'aller voir : c'était une espérance dont il la flattait; car le château était fort éloigné, environné d'une épaisse forêt, et à moins d'en savoir bien les routes, l'on n'y pouvait arriver.

La reine partit très-attendrie de laisser son mari dans les périls de la guerre, on la conduisait à petites journées, de crainte qu'elle ne fût malade de la fatigue d'un si long voyage; enfin elle arriva dans son château bien inquiète et bien chagrine. Après qu'elle se fut assez reposée, elle voulut se promener aux environs, elle ne trouvait rien qui pût la divertir; elle jetait les yeux de tous côtés; elle voyait de grands déserts qui lui donnaient plus de chagrins que de plaisirs; elle les regardait tristement, et disait quelquefois: Quelle comparaison du séjour où je suis, à celui où j'ai été toute ma vie! si j'y reste encore long-tems, il faut que je meure: à qui parler dans ces lieux solitaires? avec qui puis-je soulager mes inquiétudes? et qu'ai-je fait au roi pour m'avoir exilée? Il semble qu'il veuille me faire ressentir toute l'amertume de son absence, lorsqu'il me relègue dans un chateau si désagréable.

C'est ainsi qu'elle se plaignait ; et quoiqu'il lui écrivît tous les jours, et qu'il lui donnât de fort bonnes nouvelles du siège, elle s'affligeait de plus en plus, et prit la résolution de s'en retourner auprès du roi ; mais comme les officiers qu'il lui avait donnés, avaient ordre de ne la ramener que lorsqu'il lui enverrait un courrier exprès, elle ne témoigna point ce qu'elle méditait, et se fit faire un petit char, où il n'y avait place que pour elle, disant qu'elle voulait aller quelquefois à la chasse. Elle conduisait elle-même les chevaux, et suivait les chiens de si près, que les veneurs allaient moins vîte qu'elle, par ce moyen elle se rendait maîtresse de son char, et de s'en aller quand elle voudrait. Il n'y avait qu'une difficulté, c'est qu'elle ne savait point les routes de la forêt ; mais elle se flatta que les dieux la conduiraient à bon port ; et après leur avoir fait quelques petits sacrifices, elle dit qu'elle voulait qu'on fît une grande chasse, et que tout le monde y vint, qu'elle monterait dans son char, que chacun irait par différentes routes pour ne laisser aucunes retraites aux bêtes sauvages. Ainsi l'on se partagea. La jeune reine, qui croyait revoir bientôt son époux, avait pris un habit très-avantageux ; sa capeline était couverte de plumes de différentes couleurs, sa veste toute garnie de pierreries, et sa beauté qui n'avait rien de commun, la faisait paraître une seconde Diane.

Dans le tems qu'on était le plus occupé du plaisir de la chasse, elle lâcha la bride à ses chevaux, et les anima de la voix et de quelques coups de fouets. Après avoir marché assez vîte, ils prirent le galop, et ensuite le mords aux dents, le charriot semblait être traîné par les vents, les yeux auraient eu peine à le suivre ; la pauvre reine se repentit, mais trop tard, de sa témérité : qu'ai-je prétendu, disait-elle ? me pouvait-il convenir de conduire toute seule des chevaux si fiers et si peu dociles ? Hélas ! que va-t-il m'arriver ? ah ! si le roi me croyait exposée au péril où je suis, que deviendrait-il : lui qui m'aime si chèrement, et qui ne m'a éloigné de sa ville capitale, que pour me mettre en plus grande sûreté ? voilà comme j'ai répondu à ses tendres soins, et ce cher enfant que je porte dans mon sein va être aussi bien que moi la victime de mon imprudence. L'air retentissait de ses douloureuses plaintes, elle invoquait les dieux, elle appelait les fées à son secours, et les dieux et les fées l'avaient abandonnée : le charriot fut renversé, elle n'eut pas la force de se jeter assez promptement à terre, son pied demeura pris entre la roue et l'essieu ; il est aisé de croire qu'il ne fallait pas moins qu'un miracle pour la sauver après un si terrible accident.

Elle resta enfin étendue sur la terre au pied d'un arbre ; elle n'avait ni pouls ni voix, son visage était tout couvert de sang : elle était demeurée long-tems en cet état : lorsqu'elle ouvrit les yeux, elle vit auprès d'elle une femme d'une grandeur gigantesque, couverte seulement de la peau d'un lion, ses bras et ses jambes étaient nuds, ses cheveux noués ensemble avec une peau sèche de serpent, dont la tête pendait sur ses épaules, une massue de pierre à la main, qui lui servait de canne pour s'appuyer, et un carquois plein de flèches au côté. Une figure si extraordinaire persuada la reine qu'elle était morte, car elle ne croyait pas qu'après de si grands accidens elle dût vivre encore, et parlant tout bas : je ne suis point surprise, dit-elle, qu'on ait tant de peine à se résoudre à la mort, ce qu'on voit en l'autre monde est bien affreux. La géante qui l'écoutait ne put s'empêcher de rire de l'opinion où elle était d'être morte : Reprends tes esprits, lui dit-elle, sache que tu es encore au nombre des vivans : mais ton sort n'en sera guère moins triste. Je suis la fée Lionne, qui demeure proche d'ici : il faut que tu viennes passer ta vie avec moi. La reine la regarda tristement, et lui dit : si vous vouliez, madame Lionne, me ramener dans mon château, et prescrire au roi ce qu'il vous donnera pour ma rançon, il m'aime si chèrement, qu'il ne refuserait pas même la moitié de mon royaume? Non, lui répondit-elle, je suis suffisamment riche, il m'ennuyait depuis quelque tems d'être seule, tu as de l'esprit, peut-être que tu me divertiras. En achevant ces paroles, elle prit la figure d'une lionne, et chargeant la reine sur son dos, elle l'emporta au fond de sa terrible grotte : dès qu'elle y fut, elle la guérit avec une liqueur dont elle la frotta.

Quelle surprise et quelle douleur pour la reine de se voir dans cet affreux séjour ! l'on y descendait par dix mille marches, qui conduisaient jusqu'au centre de la terre : il n'y avait point d'autre lumière que celle de plusieurs grosses lampes qui réfléchissaient sur un lac de vif argent. Il était couvert de monstres, dont les différentes figures auraient épouvanté une reine moins timide : les hibous et les chouettes, quelques corbeaux, et d'autres oiseaux de sinistre augure, s'y faisaient entendre : l'on apercevait dans un lointain une montagne, d'où coulaient des eaux presque dormantes : ce sont toutes les larmes que les amans malheureux ont jamais versées, dont les tristes amours ont fait des réservoirs. Les arbres étaient toujours dépouillés de feuilles et de fruits, la terre couverte de soucis, de ronces et d'orties. La nourriture convenait au climat d'un pays si maudit : quelques racines sèches, des marrons d'inde et des pommes d'églentier. C'est tout ce qui s'offrait pour soulager la faim des infortunés qui tombaient entre les mains de la fée Lionne.

Sitôt que la reine se trouva en état de travailler, la fée lui dit qu'elle pouvait se faire une cabane, parce qu'elle resterait toute sa vie avec elle. A ces mots, cette princesse n'eut pas la force de retenir ses larmes : Hé! que vous ai-je fait, s'écria-t-elle, pour me garder ici? Si la fin de ma vie, que je sens approcher, vous cause quelque plaisir, donnez-moi la mort, c'est tout ce que j'ose espérer de votre pitié, mais ne me condamnez point à passer une longue et déplorable vie sans mon époux. La lionne se moqua de sa douleur, et lui dit qu'elle lui conseillait d'essuyer ses pleurs, et d'essayer à lui plaire, que si elle prenait une autre conduite, elle serait la plus malheureuse personne du monde. Que faut-il donc faire, répliqua la reine, pour toucher votre cœur? J'aime, lui dit-elle, les pâtés de mouches : je veux que vous trouviez le moyen d'en avoir assez pour m'en faire un très-grand et très-excellent: mais, lui dit la reine, je n'en vois point ici, quand il y en aurait, il ne fait pas assez clair pour les attraper, et quand je les attraperais, je n'ai jamais fait de pâtisserie : de sorte que vous me donnez des ordres que je ne puis exécuter. N'importe, dit l'impitoyable lionne, je veux ce que je veux.

La reine ne répliqua rien : elle pensa qu'en dépit de la cruelle fée, elle n'avait qu'une vie à perdre, et en l'état où elle était, que pouvait-elle craindre? Au lieu donc d'aller chercher des mouches, elle s'assit sous un if, et commença ses tristes plaintes : Quelle sera votre douleur, mon cher époux, disait-elle, lorsque vous viendrez me chercher, et que vous ne me trouverez plus ! vous me croiriez morte ou infidelle, et j'aime encore mieux que vous pleuriez la perte de ma vie, que celle de ma tendresse : l'on retrouvera peut-être dans la forêt mon chariot en pièces, et tous les ornemens que j'avais pris pour vous plaire; à cette vue vous ne douterez plus de ma mort, et que sais-je si vous n'accorderez point à une autre la part que vous m'aviez donnée dans votre cœur? mais au moins je ne le saurai pas, puisque je ne dois plus retourner dans le monde.

Elle aurait continué long-tems à s'entretenir de cette manière, si elle n'avait pas entendu au-dessus de sa tête le triste croassement d'un corbeau. Elle leva les yeux, et à la faveur du peu de lumière qui éclairait le rivage, elle vit en effet un gros corbeau qui tenait une grenouille, bien intentionné de la croquer. Encore que rien ne se présente ici pour me soulager, dit-elle, je ne veux pas négliger de sauver une pauvre grenouille, qui est aussi affligée en son espèce, que je le suis dans la mienne. Elle se servit du premier bâton qu'elle trouva sous sa main, et fit quitter prise au corbeau. La grenouille tomba, resta quelque tems étourdie; et reprenant ensuite ses esprits grenouilliques : belle reine, lui dit-elle, vous êtes la seule personne bienfaisante que j'aie vue en ces lieux depuis que la curiosité m'y a conduite. Par quelle merveille parlez-vous, petite grenouille, répondit la reine, et qui sont les personnes que vous voyez ici? car je n'en ai encore aperçu aucune. Tous les monstres dont ce lac est couvert, reprit Grenouillette, ont été dans le monde : les uns sur le trône, les autres dans la confidence de leurs souverains : il y a même des maîtresses de quelques rois, qui ont coûté bien du sang à l'état : elles sont métamorphosées en sang-sues : le destin les

envoie

envoie ici pour quelque tems, sans qu'aucuns de ceux qui y viennent retournent meilleurs et se corrigent. Je comprends bien, dit la reine, que plusieurs méchans ensemble n'aident pas à s'amender, mais à votre égard, ma commère la Grenouille, que faites-vous ici? La curiosité m'a fait entreprendre d'y venir, répliqua-t-elle, je suis demie-fée, mon pouvoir est borné en de certaines choses, et fort étendu en d'autres : si la fée Lionne me reconnaissait dans ses états, elle me tuerait.

Comment est-il possible, lui dit la reine, que fée ou demie-fée, un corbeau ait été prêt à vous manger? Deux mots vous le feront comprendre, répondit la Grenouille; lorsque j'ai mon petit chaperon de roses sur ma tête, dans lequel consiste ma plus grande vertu, je ne crains rien : mais malheureusement je l'avais laissé dans le marécage quand ce maudit corbeau est venu fondre sur moi:

j'avoue, madame, qne sans vous, je ne serais plus; et puisque je vous dois la vie, si je peux quelque chose pour le soulagement de la vôtre, vous pouvez m'ordonner tout ce qu'il vous plaira. Hélas! ma chère grenouille, dit la reine, la mauvaise fée qui me retient captive, veut que je lui fasse un pâté de mouches; il n'y en a point ici; quand il y en aurait, on n'y voit pas assez clair pour les attraper, et je cours grand risque de mourir sous ses coups. Laissez-moi faire, dit la grenouille, avant qu'il soit peu, je vous en fournirai. Elle se frotta aussitôt de sucre, et plus de six mille grenouilles de ses amies en firent autant: elle fut ensuite dans un endroit rempli de mouches; la méchante fée en avait là un magasin, exprès pour tourmenter de certains malheurenx. Dès qu'elles sentirent le sucre, elles s'y attachèrent, et les officieuses grenouilles revinrent au grand galop où la reine était. Il n'a jamais été une telle capture de mouches, ni un meilleur pâté que celui qu'elle fit à la fée Lionne. Quand elle le lui présenta, elle en fut très-surprise, ne comprenant point par quelle adresse elle avait pu les attraper.

La reine, qui était exposée à toutes les intempéries de l'air, qui était empoisonné, coupa quelques cyprès pour commencer à bâtir sa maisonnette. La grenouille vint lui offrir généreusement ses services, et se mettant à la tête de toutes celles qui avaient été quérir les mouches, elles aidèrent à la reine à élever un petit bâtiment le plus joli du monde ; mais elle y fut à peine couchée, que les monstres du lac, jaloux de son repos, vinrent la tourmenter par le plus horrible charivari que l'on eût entendu jusqu'alors. Elle se leva toute effrayée, et s'enfuit ; c'est ce que les monstres demandaient. Un dragon, jadis tyran d'un des plus beaux royaumes de l'univers, en prit possession.

La pauvre reine affligée voulut s'en plaindre, mais vraiment on se moqua bien d'elle : les monstres la huèrent, et la fée Lionne lui dit, que, si à l'avenir elle l'étourdissait de ses lamentations, elle la rouerait de coups. Il fallut se taire et recourir à la grenouille, qui était bien la meilleure personne du monde. Elles pleurèrent ensemble ; car aussitôt qu'elle avait son petit chaperon de roses, elle était capable de rire et de pleurer, tout comme une. J'ai, lui dit-elle, une si grande amitié pour vous, que je veux recommencer votre bâtiment, quand tous les monstres du lac devraient s'en désespérer. Elle coupa sur-le-champ du bois ; et le petit palais rustique de la reine se trouva fait en si peu de tems, qu'elle s'y retira la même nuit.

La grenouille attentive à tout ce qui

était nécessaire à la reine, lui fit un lit de serpolet et de thim sauvage. Lorsque la méchante fée sut que la reine ne couchait plus par terre, elle l'envoya quérir : Quels sont donc les hommes ou les dieux qoi vous protègent, lui dit-elle? Cette terre, toujours arrosée d'une pluie de soufre et de feux, n'a jamais rien produit qui vaille une feuille de sauge ; j'apprends malgré cela que les herbes odoriférantes croissent sous vos pas! J'en ignore la cause, madame, lui dit la reine, et si l'attribue à quelque chose, c'est à l'enfant dont je suis grosse, qui sera peut-être moins malheureux que moi.

L'envie me prend, dit la fée, d'avoir un bouquet des fleurs les plus rares ; essayez si la fortune de votre marmot vous en fournira ; si elle y manque, vous ne manquerez pas de coups ; car j'en donne souvent, et les donne toujours à merveille. La reine se prit à pleurer ;

de telles menaces ne lui convenaient guère, et l'impossibilité de trouver des fleurs la mettait au désespoir.

Elle s'en retourna dans sa maisonnette ; son amie la grenouille y vint : Que vous êtes triste, dit-elle à la reine ! Hélas ! ma chère commère, qui ne le serait ? La fée veut un bouquet des plus belles fleurs ; où les trouverai-je ? Vous voyez celles qui naissent ici ; il y va cependant de ma vie, si je ne la satisfait. Aimable princesse, dit gracieusement la grenouille, il faut tâcher de vous tirer de l'embarras où vous êtes : il y a ici une chauve-souris, qui est la seule avec qui j'ai lié commerce ; c'est une bonne créature, elle va plus vîte que moi ; je lui donnerai mon chaperon de feuilles de roses, avec ce secours elle vous trouvera des fleurs. La reine lui fit une profonde révérence ; car il n'y avait pas moyen d'embrasser Grenouillette.

Celle-ci alla aussitôt parler à la chauve-souris ; et quelques heures après elle revint, cachant sous ses aîles des fleurs admirables. La reine les porta bien vîte à la mauvaise fée, qui demeura encore plus surprise qu'elle ne l'avait été, ne pouvant comprendre par quel miracle la reine était si bien servie.

Cette princesse rêvait incessamment aux moyens de pouvoir s'échapper. Elle communiqua son envie à la bonne grenouille, qui lui dit : Madame, permettez-moi avant toutes choses, que je consulte mon petit chaperon, et nous agirons ensuite selon ses conseils. Elle le prit, l'ayant mis sur un fétu, elle brûla devant quelques brins de genièvre, des capres, et deux petits pois verds; elle croaça cinq fois; puis la cérémonie finie, remettant le chaperon de roses, elle commença de parler comme un oracle.

Le destin, maître de tout, dit-elle, vous défend de sortir de ces lieux ; vous y aurez une princesse plus belle que la mère des amours ; ne vous mettez point en peine du reste, le tems seul peut vous soulager.

La reine baissa les yeux, quelques larmes en tombèrent ; mais elle prit la résolution de croire son amie ; tout au moins, lui dit-elle, ne m'abandonnez pas ; soyez à mes couches, puisque je suis sondamnée à les faire ici. L'honnête grenouille s'engagea d'être sa lucine, et la consola le mieux qu'elle put.

Mais il est tems de parler du roi : pendant que ses ennemis le tenaient assiégé dans sa ville capitale, il ne pouvait envoyer sans cesse des courriers à la reine : cependant ayant fait plusieurs sorties, il les obligea de se retirer ; il ressentit bien moins le bonheur de cet évènement, par rapport à lui, qu'à sa chère reine, qu'il pouvait aller quérir sans crainte. Il ignorait son désastre aucun de ses officiers n'avait osé l'en aller avertir. Ils avaient trouvé dans la forêt, le charriot en pièces, les chevaux échappés, et toute la parure d'amazone qu'elle avait mise pour l'aller trouver.

Comme ils ne doutèrent point de sa mort, et qu'ils crurent qu'elle avait été dévorée, il ne fut question entr'eux que de persuader au roi qu'elle était morte subitement. A ces funestes nouvelles, il pensa mourir lui-même de douleur : cheveux arrachés, larmes répandues, cris pitoyables, sanglots, soupirs, et autres menus droits du veuvage, rien ne fut épargné en cette occasion.

Après avoir passé plusieurs jours sans voir personne, et sans vouloir être vu, il retourna dans sa grande ville, traînant après lui un long deuil, qu'il portait mieux dans le cœur que dans ses habits. Tous les ambassadeurs des rois ses voisins vinrent le complimenter : et après les cérémonies, qui sont inséparables de ces sortes de catastrophes, il s'attacha à donner du repos à ses sujets, en les exemptant de guerre, et leur procurant un grand commerce.

La reine ignorait toutes ces choses : le tems vint de ses couches : elles furent très-heureuses : le ciel lui donna une petite princesse, aussi belle que grenouille l'avait prédit : elle la nommèrent Moufette : et la reine avec bien de la peine, obtint permission de la fée Lionne de la nourrir, car elle avait grande envie ee la manger, tant elle était barbare et féroce.

Moufette, la merveille de ces jours, avait déjà six mois : et la reine, en la regardant, avec une tendresse mêlée de pitié, disait sans cesse : Ha ! si le roi ton père te voyait, ma pauvre petite, qu'il aurait de joie : que tu lui serais chère ! Mais peut-être dans ce même moment qu'il commence à m'oublier : il nous croit ensevelies pour jamais dans les horreurs de la mort : peut-être, dis-je, qu'une autre occupe dans son cœur la place qu'il m'y avait donnée.

Ces tristes réflexions lui coûtaient bien des larmes : la grenouille qui l'aimait de bonne foi, la voyant pleurer ainsi, lui dit un jour : Si vous voulez, madame, j'irai trouver le roi votre époux; le voyage est long : je chemine lentement : mais enfin, un peu plutôt ou un peu plus tard, j'espère arriver. Cette proposition ne pouvait être plus agréablement reçue qu'elle le fut : la reine joignit ses mains, et les fit même joindre à Moufette, pour marquer à madame la grenouille l'obligation qu'elle lui aurait d'entreprendre un tel voyage. Elle l'assura que le roi n'en serait point ingrat : mais, continua-t-elle, de quelle utilité lui pourra être de me savoir dans ce triste séjour : il lui sera impossible de m'en retirer? Madame, reprit la grenouille, il faut laisser ce soin aux dieux, et faire de notre côté ce qui dépend de nous.

Aussitôt elles se dirent adieu : la reine écrivit au roi avec son propre sang sur un petit morceau de lingo ; car elle n'avait ni encre ni papier. Elle le priait de croire en toutes choses la vertueuse grenouille qui l'allait informer de ses nouvelles.

Elle fut un an et quatre jours à monter les dix mille marches qu'il y avait depuis la plaine noire, où elle laissait la reine, jusqu'au monde, et elle demeura une autre année à faire son équipage ; car elle était trop fière pour vouloir paraître dans une grande cour, comme une méchante grenouillette de marécage. Elle fit faire une litière assez grande pour mettre commodément deux œufs. Elle était toute couverte d'écaille de tortue en dehors, doublée de peau de jeunes lézards ; elle avait cinquante filles d'honneur : c'étaient de ces petites reines vertes qui sautillent dans les prés : chacune était montée sur un escargot, avec une selle à l'anglaise, la jambe sur l'arçon,

d'un

d'un air merveilleux : plusieurs rats d'eau, vêtus en pages, précédaient les limaçons, auxquels elle avait confié la garde de sa personne : enfin rien n'a jamais été si joli, surtout son chaperon de roses vermeilles, toujours fraîches et épanouies, lui séyait le mieux du monde. Elle était un peu coquette de son métier; cela l'avait obligée de mettre du rouge et des mouches : l'on dit même qu'elle était fardée, comme sont la plupart des dames de ce pays-là; mais la chose approfondie, l'on a trouvé que c'étaient ses ennemis qui en parlaient ainsi.

Elle demeura sept ans à faire son voyage, pendant lesquels la pauvre reine souffrit des maux et des peines inexprimables; et sans la belle Moufette qui la consolait, elle serait morte cent et cent fois. Cette merveilleuse petite créature n'ouvrait pas la bouche et ne disait pas un mot qu'elle ne charmât sa mère : il n'était pas jusqu'à la fée Lionne qu'elle n'eût apprivoisée ; et enfin, au bout de six ans que la reine avait passés dans cet horrible séjour, elle voulut bien la mener à la chasse, à condition que tout ce qu'elle tuerait serait pour elle.

Quelle joie pour la pauvre reine de revoir le soleil ! Elle en avait si fort perdu l'habitude, qu'elle en pensa devenir aveugle. Pour Moufette, elle était si adroite, qu'à cinq et six ans rien n'échappait aux coups qu'elle tirait : par ce moyen, la mère et la fille adoucissaient un peu la férocité de la fée.

Grenouillette chemina par monts et par vaux, de jour et de nuit, enfin elle arriva proche de la ville capitale où le roi faisait son séjour ; elle demeura surprise de ne voir par-tout que des danses et des festins : on riait, on chantait ; et plus elle approchait de la ville, plus elle trouvait de joie et de jubilation. Son équipage marécageux surprenait tout le monde : chacun la suivait, et la foule devint si grande lorsqu'elle entra dans la ville, qu'elle eut beaucoup de peine à parvenir jusqu'au palais : c'est en ce lieu que tout était dans la magnificence. Le roi, veuf depuis neuf ans, s'était enfin laissé fléchir aux prières de ses sujets; il allait se marier à une princesse moins belle à la vérité que sa femme, mais qui ne laissait pas d'être fort agréable.

La bonne grenouille étant descendue de sa litière, entra chez le roi, suivie de tout son cortège. Elle n'eut pas besoin de demander audience : le monarque, la fiancée, et tous les princes, avaient trop d'envie de savoir le sujet de sa venue pour l'interrompre : Sire, dit-elle, je ne sais si la nouvelle que je vous apporte vous donnera de la joie ou de la peine : les noces que vous êtes sur le point de faire, me persuadent votre infidélité pour la reine. Son souvenir m'est toujours cher, dit le roi (en versant quelques larmes qu'il ne put retenir) : mais il faut que vous sachiez, gentille grenouille, que les rois ne font pas toujours ce qu'ils veulent : il y a neuf ans que mes sujets me pressent de me remarier : je leur dois des héritiers : ainsi, j'ai jeté les yeux sur cette jeune princesse, qui me paraît toute charmante. Je ne vous conseille pas de l'épouser : car la polygamie est un cas pendable : la reine n'est point morte : voici une lettre écrite de son sang, dont elle m'a chargé : vous avez une petite princesse, Moufette, qui est plus belle que tous les cieux ensemble.

Le roi prit le chiffon où la reine avait griffonné quelques mots : il le baisa, il l'arrosa de ses larmes, il le fit voir à toute l'assemblée, disant qu'il reconnaissait fort bien le caractère de sa femme : il fit mille questions à la grenouille, auxquelles elle répondit avec autant d'esprit que de vivacité. La princesse fiancée, et les ambassadeurs chargés de voir célébrer son mariage, faisaient très-laide grimace. Comment, sire, dit le plus célèbre d'entre eux, pouvez-vous, sur les paroles d'une crapaudine comme celle-ci, rompre un hymen si solemnel? Cette écume de marécage a l'insolence de venir mentir à votre cour, et goûte le plaisir d'être écoutée! Monsieur l'ambassadeur, répliqua la grenouille, sachez que je ne suis point écume de marécage; et puisqu'il faut ici étaler ma science, allons, fées et féos, paraissez. Toutes les grenouillettes, rats, escargots, lézards, et elle à leur tête, parurent en effet: mais ils n'avaient plus la figure de ces vilains petits animaux; leur taille était haute et majestueuse, leur visage agréable, leurs yeux plus brillans que les étoiles: chacun portait une couronne de pierreries sur sa tête, et un manteau royal sur ses épaules, de velours doublé d'hermine, avec une longue queue, que des nains et des naines portaient. En même tems, voici des trompettes, timballes, hautbois et tambours, qui percent les nues par leurs sons agréables et guerriers ; toutes les fées et les féos commencèrent un ballet si légèrement dansé, que la moindre gambade les élevait jusqu'à la voûte du sallon. Le roi attentif et la future reine, n'étaient pas moins surpris l'un que l'autre, quand ils virent tout-d'un-coup ces honorables baladins métamorphosés en fleurs, qui ne baladinaient pas moins, jasmins, jonquilles, violettes, œillets et tubéreuses, que lorsqu'ils étaient pourvus de jambes et de pieds. C'était un parterre animé, dont tous les mouvemens réjouissaient autant l'odorat que la vue.

Un instant après, les fleurs disparurent ; plusieurs fontaines prirent leurs places : elles s'élevaient rapidement, et retombaient dans un large canal, qui se forma an pied du château : il était couvert de petites galères peintes et dorées, si jolies et si galantes, que la princesse convia ses ambassadeurs d'y entrer avec elle pour s'y promener. Ils le voulurent bien, comprenant que tout cela n'était qu'un jeu, qui se terminerait enfin par d'heureuses noces.

Dès qu'ils furent embarqués, la galère, le fleuve, et toutes les fontaines disparurent : les grenouilles redevinrent grenouilles. Le roi demanda où était sa sa princesse : la grenouille répartit : sire, vous n'en devez point avoir d'autre que la reine votre épouse : si j'étais moins de ses amies, je ne me mettrais pas en peine du mariage que vous étiez sur le point de faire, mais elle a tant de mérite, et votre fille Moufette est si aimable, que vous ne devez pas perdre un moment à tâcher de les délivrer. Je vous avoue, madame la grenouille, dit le roi, que si je ne croyais pas ma femme morte, il n'y a rien au monde que je ne fisse pour la ravoir. Après les merveilles que j'ai faites devant vous, répliqua-t-elle, il me semble que vous devriez être plus persuadé de ce que je vous dis : laissez votre royaume avec de bons ordres, et ne différez pas à partir. Voici une bague qui vous fournira les moyens de voir la reine, et de parler à la fée Lionne, quoiqu'elle soit la plus terrible créature qui soit au monde.

Le roi ne voyant plus la princesse qui lui était destinée, sentit que sa passion ponr elle s'affaiblissait fort, et qu'au contraire celle qu'il avait eue pour la reine, prenait de nouvelles forces.

Il partit sans vouloir être accompagné de personne, et fit des présens très-considérables à la grenouille : ne vous découragez point, lui dit-elle, vous aurez de terribles difficultés à surmonter, mais j'espère que vous réussirez dans ce que vous souhaitez.

Le roi, consolé par ses promesses, ne prit point d'autres guides que sa bague pour aller trouver sa chère reine. A mesure que Moufette grandissait, sa beauté se perfectionnait si fort, que tous les monstres du lac de vif argent en devinrent amoureux ; l'on voyait des dragons d'une figure épouvantable, qui venaient ramper à ses pieds. Bien qu'elle les eût toujours vus, ses beaux yeux ne pouvaient s'y accoutumer ; elle fuyait et se cachait entre les bras de sa mère. Serons-nous long-tems ici, lui disait-elle ? nos malheurs ne finiront-ils point ? La reine lui donnait de bonnes espérances pour la consoler ; mais dans le fond, elle n'en avait aucunes ; l'éloignement de la grenouille, son profond silence, tant de tems passé sans avoir aucunes nouvelles du roi, tout cela, dis-je, l'affligeait avec excès.

La fée Lionne s'accoutuma peu-à-peu à les mener à la chasse ; elle était friande ; elle aimait le gibier qu'elles lui tuaient, et pour toute récompense, elle leur en donnait les pieds ou la tête ; mais c'était même beaucoup de leur permettre de revoir encore la lumière du jour. Cette fée prenait la figure d'une lionne; la reine et sa fille s'asseyaient sur elle, et couraient ainsi les forêts.

Le roi, conduit par sa bague, s'étant arrêté dans une forêt, les vit passer comme un trait qu'on décoche; il n'en fut pas apperçu, mais voulant les suivre, elles disparurent absolument à ses yeux.

Malgré les continuelles peines de la reine, sa beauté ne s'était point altérée : elle lui parut plus aimable que jamais. Tous ses feux se ralumèrent; et ne doutant pas que la jeune princesse qni était avec elle, ne fût sa chère Moufette, il résolut de périr mille fois, plutôt que d'abandonner le dessein de les ravoir.

L'officieuse bague le conduisit dans l'obscur séjour où était la reine depuis tant d'années : il n'était pas médiocrement surpris de descendre jusqu'au fond de la terre; mais tout ce qu'il y vit l'éonna bien davantage. La fée Lionne, qui 'ignorait rien, savait le jour et l'heure u'il devait arriver : que n'aurait-elle pas ait, pour que le destin, d'intelligence vec elle, en eût ordonné autrement ! Mais elle résolut au moins de combattre on pouvoir de tout le sien.

Elle bâtit au milieu du lac de vif-argent un palais de cristal; qui voguait omme l'onde : elle y renferma la pauvre eine et sa fille; ensuite elle harangua ous les monstres qui étaient amoureux e Moufette. Vous perdrez cette belle rincesse, leur dit-elle, si vous ne vous ntéressez avec moi à la défendre contre n chevalier qui vient pour l'enlever. es monstres promirent de ne rien négliger de ce qu'ils pouvaient faire : ils ntourèrent le palais de cristal : les plus égers se placèrent sur le toit et sur les urs, les autres aux portes, et le reste ans le lac.

Le roi, étant conseillé par sa fidelle bague, fut d'abord à la caverne de la fée, elle l'attendait sous sa figure de lionne. Dès qu'il parut, elle se jeta sur lui : il mit l'épée à la main avec une valeur qu'elle n'avait pas prévue, et comme elle allongeait une de ses pattes pour le terrasser, il la lui coupa à la joinlure : c'était justement au coude. Elle poussa un grand cri, et tomba : il s'approcha d'elle, il lui mit le pied sur la gorge, il lui jura par sa foi qu'il l'allait tuer, et malgré son invulnérable furie, elle ne laissa pas d'avoir peur. Que me veux-tu, lui dit-elle, que me demandes-tu ? Je veux te punir, répliqua-t-il fièrement, d'avoir enlevé ma femme, et je veux t'obliger à me la rendre, ou je t'étranglerai tout-à-l'heure. Jette les yeux sur ce lac, lui dit-elle, et vois si elle est en mon pouvoir. Le roi regarda du côté qu'elle lui montrait ; il vit la reine et sa fille

fille dans le château de cristal, qui voguait sans rames et sans gouvernail comme une galère, sur le vif-argent.

Il pensa mourir de joie et de douleur : il les appela de toute sa force, et il en fut entendu ; mais où la joindre ? Pendant qu'il en cherchait le moyen, la fée Lionne disparut.

Il courait le long des bords du lac : quand il était d'un côté prêt à joindre le palais transparent, il s'éloignait d'une vîtesse épouvantable, et ses espérances étaient ainsi toujours déçues. La reine, qui craignait qu'à la fin il ne se lassât, lui criait de ne point perdre courage, que la fée Lionne voulait le fatiguer, mais qu'un véritable amour ne peut être rebuté par aucune difficulté. Là-dessus, elle et Moufette lui tendaient les mains, prenaient des manières suppliantes. A cette vue, le roi se sentait pénétré de nouveaux traits ; il élevait la voix ; il jurait par le Styx et l'Achéron, de passer plutôt le reste de sa vie dans ces tristes lieux, que n'en partir sans elles.

Il fallait qu'il fût doué d'une grande persévérance : il passait aussi mal son tems que roi du monde; la terre, pleine de ronces et couverte d'épines, lui servait de lit; il ne mangeait que des fruits sauvages, plus amers que du fiel, et il avait sans cesse des combats à soutenir contre les monstres du lac. Un mari, qui tient cette conduite pour ravoir sa femme, est assurément du tems des fées, et son procédé marque assez l'époque de mon conte.

Trois années s'écoulèrent sans que le roi eût lieu de se promettre aucuns avantages : il était presque désespéré; il prit cent fois la résolution de se jeter dans le lac : et il l'aurait fait, s'il avait pu envisager ce dernier coup comme un remède aux peines de la reine et de la princesse. Il courait à son ordinaire tantôt d'un côté, tantôt d'un autre, lorsqu'un dragon affreux l'appela et lui dit : Si vous voulez me jurer par votre couronne et par votre sceptre, par votre manteau royal, par votre femme et votre fille, de me donner un certain morceau à manger, dont je suis friand, et que je vous demanderai lorsque j'en aurai envie, je vais vous prendre sur mes aîles : et malgré tous les monstres qui couvrent ce lac, et qui gardent ce château de cristal, je vous promets que nous retirerons la reine et la princesse Moufette.

Ah! cher dragon de mon ame, s'écria le roi, je vous jure, et à toute votre dragonnienne espèce, que je vous donnerai à manger tout votre saoul, et que je resterai à jamais votre petit serviteur. Ne vous engagez pas, répliqua le dragon, si vous n'avez envie de me tenir parole, car il arriverait des malheurs si grands, que vous vous en souviendriez le reste de votre vie. Le roi redoubla ses protestations : il mourait d'impatience de délivrer sa chère reine : il monta sur le dos du dragon, comme il aurait fait sur le plus beau cheval du monde : en même tems les monstres vinrent au devant de lui pour l'arrêter au passage : ils se battent, l'on n'entend que le sifflement aigu des serpens : l'on ne voit que du feu : le soufre et le salpêtre tombent pêle-mèle : enfin le roi arrive au château : les efforts s'y renouvellent, chauves-souris, hibous, corbeaux, tout lui défend l'entrée, mais le dragon avec ses griffes, ses dents et sa queue, mettait en pièces les plus hardis. La reine de son côté, qui voyait cette grande bataille, casse ses murs à coups de pied, et des morceaux elle en fait des armes pour aider à son cher époux : ils furent enfin victorieux : ils se joignirent, et l'enchantement s'acheva par un coup de tonnerre, qui tomba dans le lac, et qui le tarit.

L'officieux dragon était disparu comme

tous les autres, et sans que le roi pût deviner par quel moyen il avait été transporté dans sa ville capitale, il s'y trouva avec la reine et Moufette, assis dans un sallon magnifique, vis-à-vis d'une table délicieusement servie. Il n'a jamais été un étonnement pareil au leur, ni une plus grande joie. Tous leurs sujets accoururent pour voir leur souveraine et la jeune princesse, qui, par une suite du prodige, était si superbement vêtu, qu'on avait peine à soutenir l'éclat de ses pierreries.

Il est aisé d'imaginer que tous les plaisirs occupèrent cette belle cour : l'on y faisait des mascarades, des courses de bagues, des tournois qui attiraient les plus grands princes du monde : et les beaux yeux de Moufette les arrêtaient tous. Entre ceux qui parurent les mieux faits et les plus adroits, le prince Moufy emporta par-tout l'avantage : l'on n'entendait que des applaudissemens : chacun l'admirait, et la jeune Moufette qui avait été jusqu'alors avec les serpens et les dragons du lac, ne put s'empêcher de rendre justice au mérite de Moufy : il ne se passait aucun jour sans qu'il fit des galanteries nouvelles pour lui plaire, car il l'aimait passionnément; et s'étant mit sur les rangs pour établir ses prétentions, il fit connaître au roi et à la reine que sa principauté était d'une beauté et d'une étendue qui méritait bien une attention particulière.

Le roi lui dit que Moufette était maîtresse de se choisir un mari, et qu'il ne voulait la contraindre en rien : qu'il travaillât à lui plaire, que c'était l'unique moyen d'être heureux. Le prince fut ravi de cette réponse, il avait connu en plusieurs rencontres qu'il ne lui était pas indifférent : et s'en étant enfin expliqué avec elle, elle lui dit que s'il n'était pas son époux, elle n'en aurait jamais d'autres. Moufy, transporté de joie, se jeta à ses pieds, et la conjura, dans les termes les plus tendres, de se souvenir de la parole qu'elle lui donnait.

Il courut aussi-tôt dans l'appartement du roi et de la reine: et leur rendit compte des progrès que son amour avait faits sur Moufette, et les supplia de ne plus différer son bonheur. Ils y consentirent avec plaisir. Le prince Moufy avait de si grandes qualités, qu'il semblait être seul digne de posséder la merveilleuse Moufette. Le roi voulut bien les fiancer avant qu'il retournât à Moufy où il était obligé d'aller donner des ordres pour son mariage : mais il ne serait plutôt jamais parti, que de s'en aller sans des assurances certaines d'être heureux à son retour. La princesse Moufette ne put lui dire adieu sans répandre beaucoup de larmes : elle avait je ne sais quels pressentimens qui l'affligeaient: et la reine voyant le prince accablé de douleur, lui donna le portrait de sa fille, le priant, pour l'amour d'eux tous, que l'entrée ne fut plutôt pas si magnifique, et qu'il tardât moins à revenir. Il lui dit : madame, je n'ai jamais tant pris de plaisir à vous obéir, que j'en aurai dans cette occasion : mon cœur y est trop intéressé pour que je néglige ce qui peut me rendre heureux.

Il partit en poste, et la princesse Moufette, en attendant son retour, s'occupait de la musique et des instrumens qu'elle avait appris à toucher depuis quelque mois, et dont elle s'acquittait merveilleusement bien. Un jour qu'elle était dans la chambre de la reine, le roi y entra le visage tout couvert de larmes, et prenant sa fille entre ses bras : ô mon enfant, s'écria-t-il, ô père infortuné ! ô malheureux roi ! Il n'en put dire davantage : les soupirs coupèrent le fil de sa voix : la reine et la princesse épouvantées, lui demandèrent ce qu'il avait : enfin il leur dit qu'il venait d'arriver un géant, d'une grandeur démésurée, qui se disait ambassadeur du dragon du lac, lequel, suivant la promesse qu'il avait exigée du roi pour lui aider à combattre et à vaincre les monstres, venait lui demander la princesse Mousette, afin de la manger en pâté: qu'il s'était engagé, par des sermens épouvantables, de lui donner tout ce qu'il voudrait; et en ces tems-là l'on ne savait pas manquer à sa parole.

La reine, entendant ces tristes nouvelles, poussa des cris afferux: elle serra la princesse entre ses bras: l'on m'arracherait plutôt la vie, dit-elle, que de me résoudre à livrer ma fille à ce monstre: qu'il prenne notre royaume et tout ce que nous possédons. Père dénaturé! pourriez-vous donner les mains à une si grande barbarie? Quoi! mon enfant serait mis en pâté! Ha! je n'en peux soutenir la pensée: envoyez-moi ce barbarbare embassadeur: peut-être que mon affliction le touchera.

Le roi ne repliqua rien : il fut parler au géant, et l'amena ensuite à la reine, qui se jeta à ses pieds : elle et sa fille le conjurant d'avoir pitié d'elles, et de persuader au dragon de prendre tout ce qu'elle avait, et de sauver la vie à Moufette : mais il leur répondit que cela ne dépendait point du tout de lui, et que le dragon était trop opiniâtre et trop friand; que lorsqu'il avait en tête de manger quelque bon morceau, tous les dieux ensemble ne lui en ôteraient point l'envie : qu'il leur conseillait, en ami, de faire la chose de bonne grace, parce qu'il en pourrait encore arriver de plus grands malheurs. A ces mots, la reine s'évanouit, et la princesse en aurait fait autant s'il n'eût fallu qu'elle secourût sa mère.

Ces tristes nouvelles furent à peine répandues dans le palais, que toute la ville le sut : l'on n'entendait que des pleurs et des gémissemens, car Moufette, était adorée. Le roi ne pouvait se résoudre à la donner au géant et le géant, qui avait déjà attendu plusieurs jours, commençait à se lasser, et menaçait d'une manière terrible. Cependant le roi et la reine disaient : que peut-il nous arriver de pis? Quand le dragon du lac viendrait nous dévorer, nous ne serions pas plus affligés : si l'on met notre Mouſette en pâté, nous sommes perdus. Là-dessus le géant leur dit qu'il avait reçu des nouvelles de son maître, et que si la princesse voulait épouser un neveu qu'il avait, il consentait à la laisser vivre : qu'au reste ce neveu était beau et bien fait, qu'il était prince, et qu'elle pourrait vivre fort contente avec lui.

Cette proposition adoucit un peu la douleur de leurs majestés : la reine parla à la princesse, mais elle la trouva beaucoup plus éloignée de ce mariage que de la mort : je ne suis point capable, lui dit-elle, madame; de conserver ma vie par une infidélité : vous m'avez promise au prince Moufy : je ne serai jamais à d'autre : laissez-moi mourir, la fin de ma vie assurera le repos de la vôtre. Le roi survint : il dit à sa fille tout ce que la plus forte tendresse peut faire imaginer : elle demeura ferme dans ses sentimens, et pour conclusion, il fut résolu de la conduire sur le haut d'une montagne où le dragon du lac la devait venir prendre.

L'on prépara tout pour ce triste sacrifice : jamais ceux d'Iphigénie et de Psyché n'ont été si lugubres : l'on ne voyait que des habits noirs, des visages pâles et consternés. Quatre cents jeunes filles de la première qualité s'habillèrent de longs habits blancs, et se couronnèrent de cyprès pour l'accompagner, on la portait dans une litière de velours noir, découverte afin que tout le monde vit ce chef-d'œuvre des dieux : ses cheveux étaient épars sur ses épaules rattachés de crêpes, et le couronne qu'elle avait sur sa tête, était de jasmins mêlés de quelques soucis. Elle ne paraissait touchée que de la douleur du roi et de la reine, qui la suivaient accablés de la plus profonde tristesse : le géant armé de toutes pièces, marchait à côté de la litière où était la princesse : et la regardant d'un œil avide, il semblait qu'il était assuré d'en manger sa part : l'air retentissait de soupirs et de sanglots : le chemin était inondé des larmes que l'on répandait.

Ha ! Grenouille, Grenouille, s'écriait la reine, vous m'avez bien abandonnée ! Hélas ! pourquoi me donniez-vous votre secours dans la sombre plaine ? puisque vous me le deniez à présent : que je serais heureuse d'être morte alors ! je ne verrais pas aujourd'hui toutes mes espérances déçues ! je ne verrais pas, dis-je, ma chère Moufette sur le point d'être devorée.

Pendant qu'elle faisait ces plaintes, l'on avançait toujours, quelque lentement qu'on marchât; et enfin l'on se trouva au haut de la fatale montagne. En ce lieu les cris et les regrets redoublèrent d'une telle force, qu'il n'a jamais été rien de si lamantable : le géant convia tout le monde de faire ses adieux et de se retirer. Il fallait bien le faire, car en ce tems-là on était fort simple, et on ne cherchait des remèdes à rien.

Le roi et la reine s'étant éloignés, montèrent sur une autre montagne avec toute leur cour, parce qu'ils pouvaient voir de là ce qui allait arriver à la princesse; et en effet ils ne restèrent pas long-tems sans apercevoir en l'air un dragon qui avait près d'une demi-lieue de long : bien qu'il eût six grandes ailes, il ne pouvait presque voler tant son corps était pésant, tout couvert de grosses écailles bleues et de longs dards enflammés, sa queue faisait cinquante tours et demi : chacune de ses griffes était de la grandeur d'un moulin à vent, et l'on voyait dans sa gueule béante trois rangs de dents aussi longues que celles d'un éléphant.

Mais pendant qu'il s'avançait peu-à-peu, la chère et fidèlle Grenouille, montée sur un épervier, vola rapidement vers le prince Moufy. Elle avait son chaperon de roses et quoiqu'il fut enfermé dans son cabinet, elle y entra sans clef: que faites-vous ici, amant infortuné, lui dit-elle? Vous rêvez aux beautés de Moufette, qui est dans ce moment exposée à la plus rigoureuse catastrophe: voici donc une feuille de rose: en soufflant dessus, j'en fais un cheval rare, comme vous allez le voir. Il parût aussitôt un cheval tout vert: il avait douze pieds et trois têtes, l'une jetait du feu, l'autre des bombes, et l'autre des boulets de canon. Elle lui donna une épée qui avait dix-huit aunes de long, et qui était plus légère qu'une plume: elle le revêtit d'un seul diamant, dans lequel il entra comme dans un habit; et bien qu'il fut plus dur qu'un rocher, il était si maniable qu'il ne le gênait en rien : partez lui dit-elle, courez, volez à la défense de ce que vous aimez : le cheval verd que je vous donne vous menera où elle est : quand vous l'aurez délivrée, faites-lui entendre la part que j'y ai.

Généreuse fée, s'écria le prince, je ne puis à présent vous témoigner toute ma reconnaissance : mais je me déclare pour jamais votre esclave très-fidèle. Il monta sur le cheval aux trois têtes, aussitôt il se mit à galoper avec ses douze pieds; et faisait plus de diligence que trois des meilleurs chevaux, de sorte qu'il arriva en peu de tems au haut de la montagne, où il vit sa chère princesse toute seule, et l'affreux dragon qui s'en approchait lentement. Le cheval verd se mit à jeter du feu, des bombes et boulets de canon, qui ne surprirent pas médiocrement le monstre : il reçut vingt coups de ces boulets dans la gorge ; qui entamèrent un peu les écailles, et les bombes lui crévèrent un œil. Il devint furieux, et voulut se jeter sur le prince : mais l'épée de dix-huit aunes était d'une si bonne trempe, qu'il la maniait comme il voulait, lui enfonçaut quelquefois jusqu'à la garde, ou s'en servant comme d'un fouet. Le prince n'aurait pas laissé de sentir l'effort de ses griffes, sans l'habit de diamant, qui était impénétrable.

Moufette l'avait reconnu de fort loin : car le diamant qui le couvrait était fort brillant et clair, de sorte qu'elle fut saisie de la plus mortelle appréhension dont une maîtresse puisse être capable : mais le roi et la reine commencèrent à sentir dans leur cœur quelques rayons d'espérance, car il était fort extraordinaire de voir un cheval à trois têtes, à douze pieds qui jetait feu et flammes, et un prince dans un étui de diamans, armé d'une épée formidable, venir dans un moment si nécessaire et combattre avec tant de valeur. Le roi mit son chapeau sur sa canne, et la reine attacha son mouchoir au bout d'un bâton, pour faire des signes au prince et l'encourager. Toute leur suite en fit autant. En vérité il n'en avait pas besoin, son cœur tont seul, et le péril où il voyait sa maîtresse, suffisaient pour l'animer.

Quels efforts ne fit-il point ! la terre était couverte des dards, des griffes, des cornes, des aîles et des écailles du dragon : son sang coulait par mille endroits, il était tout bleu, et celui du cheval était tout vert ; ce qui faisait une nuance singulière sur la terre. Le prince tomba cinq fois, il se releva toujours, il prenait son tems pour remonter sur son cheval, et puis c'était des canonades et des feux grégeois qui n'ont jamais rien eu de semblable : enfin le dragon perdit ses forces, il tomba, et le prince lui donna un coup dans le ventre qui lui fit une épouvantable blessure, mais, ce qu'on aura peine à croire, et qui est pourtant aussi vrai que le reste du conte, c'est qu'il sortit par cette large blessure, un prince, le plus beau et le plus charmant que l'on ait jamais vu; son habit était de velours bleu à fond d'or, tout brodé de perles : il avait sur la tête un petit morion à la grecque, ombragé de plumes blanches. Il accourut les bras ouverts, et embrassant le prince Moufy : que ne vous dois-je pas, mon généreux libérateur, lui dit-il ? vous venez de me délivrer de la plus affreuse prison où jamais un souverain puisse être renfermé : j'y avais été condamné par la fée lionne, il y a seize ans que j'y languis : et son pouvoir était tel, que malgré ma propre volonté, elle me forçait à dévorer cette adorable princesse : menez-moi à ses pieds, pour que je lui explique mon malheur.

Le prince Moufy, surprit et charmé

d'une aventure si étonnante, ne voulut céder en rien aux civilités de ce prince; ils se hatèrent de joindre la belle Moufette, qui rendait de son côté mille grâces aux dieux pour un bonheur si inespéré. Le roi, la reine et toute la cour étaient déjà auprès d'elle, chacun parlait à la fois, personne ne s'entendait: l'on pleurait presque autant de joie, que l'on avait pleuré de douleur. Enfin pour que rien ne manquât à la fête, la bonne grenouille parut en l'air montée sur un épervier qui avait des sonnettes d'or aux pieds. Lorque l'on entendit drelin dindin, chacun leva les yeux: l'on vit briller le chaperon de rose comme un soleil, et la grenouille était aussi belle que l'aurore, La reine s'avança vers elle, et la prit par une de ses petites pattes: aussitôt la sage grenouille se métamorphosa, et parut comme une grande reine: son visage était le plus agréable du monde: je viens, s'écria-t-elle, pour couronner la fidélité de la princesse Moufette, elle a mieux aimé exposer sa vie que de changer : cet exemple est rare dans le siècle où nous sommes, mais il le sera bien davantage dans les siècles à venir. Elle prit aussi-tôt deux couronnes de myrthes qu'elle mit sur la tête des deux amans qui s'aimaient, et frappant trois coups de sa baguette, l'on vit que tous les os du dragon s'enlevèrent pour former un arc de triomphe, en mémoire de la grande aventure qui venait de se passer.

Ensuite cette belle et nombreuse troupe s'achemina vers la ville, chantant l'hymen et hymenée, avec autant de gaîté, qu'ils avaient célébré tristement le sacrifice de la princesse. Sans noces ne furent différées que jusqu'au lendemain, il est aisé de juger de la joie qui les accompagna.

La reine que je viens de peindre,
Au milieu des horreurs d'un infernal séjour
Pour ses jours, n'avait rien à craindre;
Pour elle l'amitié se joiugnit à l'amour.

Grenouillette et le roi lui marquèrent
leur zèle.
Par de communs efforts,
Malgré la lionne cruelle,
Ils surent l'arracher de ses funestes bord
Des époux si constans, des amis
sincères,
Etaient du vieux tems de nos pères,
Ils ne sont plus de ce tems-ci :
Le siècle de féerie en a toute la gloire
Par le trait que je cite ici,
De l'époque de mon histoire
On peut être assez éclairci.

Venez Madame, venez avec moi...

LE MOUTON,

CONTE.

Dans l'heureux tems où les Fées vivaient, régnait un roi qui avait trois filles; elles étaient belles et jeunes; elles avaient du mérite : mais la cadette était la plus aimable et la mieux aimée; on la nommait Merveilleuse. Le roi son père lui donnait plus de robes et de rubans en un mois, qu'aux autres en un an; et elle avait un si bon petit cœur, qu'elle partageait tout avec ses sœurs, de sorte que l'union était grande entr'elles.

Le roi avait de mauvais voisins, qui, las de le laisser en paix, lui firent une si forte guerre, qu'il craignit d'être battu s'il ne se défendait. Il assembla une grosse armée, et se mit en campagne. Les trois princesses restèrent avec leur gouverneur dans un château, où elles apprenaient tous les jours de bonnes nouvelles du roi, tantôt qu'il avait pris une ville, puis gagné une bataille; enfin il fit tant qu'il vainquit ses ennemis, et les chassa de ses états; puis il revint bien vîte dans son château, pour revoir sa petite Merveilleuse qu'il aimait tant. Les trois princesses s'étaient fait faire trois robes de satin, l'une verte l'autre bleue, et la dernière blanche; leur pierreries revenaient aux robes : la verte avait des émeraudes, la bleue avait des turquoises, la blanche des diamans; et ainsi parées, elles furent au-devant du roi, chantant ces vers qu'elles avaient composés sur ses victoires.

Après tant d'illustres conquêtes,
Quel bonheur de revoir et son père et son
roi!
Inventons des plaisirs, célébrons mille fêtes
Que tout ici se soumette à sa loi,
Et tâchons de prouver quelle est notre tendresse,
Par nos soins empressés et nos champs d'allégresse.

Lorsqu'il les vit si belles et si gaies, il les embrassa tendrement, et fit à Merveilleuse plus de caresses qu'aux autres.

On servit un magnifique repas; le roi et ses trois filles se mirent à table; et comme il tirait des conséquences de tout, il dit à l'aînée : Çà, dites-moi, pourquoi avez-vous pris une robe verte? Monseigneur, dit-elle, ayant su vos exploits, j'ai cru que le vert signifirait ma joie et l'espoir de votre retour. Cela est fort bien dit, s'écria le roi. Et vous, ma fille, continua-t-il, pourquoi avez-vous pris une robe bleue? Monseigneur, dit la princesse, pour marquer qu'il fallait sans cesse implorer les dieux en votre faveur, et qu'en vous voyant, je crois voir le ciel et les plus beaux astres. Comment, dit le roi, vous parlez comme un oracle. Et vous, Merveilleuse, quelle raison avez-vous eu pour vous habiller en blanc? Monseigneur, dit-elle parce que cela me sied mieux que toutes les autres couleurs.

Comment, dit le roi fort fâché, petite coquette, vous n'avez eu que cette intention? J'avais celle de vous plaire, dit la princesse, il me semble que je n'en dois point avoir d'autres. Le roi qui l'aimait, trouva l'affaire si bien accommodée, qu'il dit que ce petit tour d'esprit lui plaisait et qu'il y avait même de l'art à n'avoir pas déclaré tout d'un coup sa pensée. Ho ça, dit-il, j'ai bien soupé, je ne veux pas me coucher sitôt, contez-moi les rêves que vous avez faits la nuit qui a précédé mon retour.

L'ainée dit qu'elle avait songé qu'il lui apportait une robe, dont l'or et les pierreries brilleraient plus que le soleil. La seconde, qu'elle avait songé qu'il lui apportait une robe et une quenouille d'or pour lui filer des chemises. La cadette dit qu'elle avait songé qu'il mariait sa seconde sœur, et que le jour des noces, il tenait une éguierre d'or, et qu'il lui disait: venez, Merveilleuse, venez que je vous donne à laver.

Le roi indigné de ce rêve, fronça le sourcil, et fit la plus laide grimace du monde; chacun connut qu'il était faché. Il entra dans sa chambre; il se mit brusquement au lit; le songe de sa fille lui revenait toujours dans la tête. Cette petite insolente, disait-il, voulait me réduire à devénir son domestique! Je ne m'étonne pas si elle prit la robe de satin blanc, sans penser à moi; elle me croit indigne de ses réflexions, mais je veux prévenir son mauvais dessein avant qu'il ait lieu.

Il se leva tout en furie, et quoiqu'il ne fut pas encore jour, il envoya querir son capitaine des gardes, et lui dit, vous avez entendu le rêve que Merveilleuse a fait, il signifie des choses étranges contre moi. Je veux que vous la preniez tout-à-l'heure, que vous la meniez dans la forêt, et que vous l'égorgiez; ensuite vous m'apporterez son cœur et sa langue, car je ne prétends pas être trompé, ou je vous ferai cruellement mourir. Le capitaine des gardes fut bien étonnée d'entendre un ordre si barbare. Il ne voulut point contrarier le roi, crainte de l'aigrir davantage et qu'il ne donnât cette commission à quelqu'autre. Il lui dit qu'il allait emmené la princesse, qu'il l'égorgerait et lui rapporterait son cœur et sa langue.

Il alla aussi-tôt dans sa chambre, qu'on eut bien de la peine à lui ouvrir, car il était fort matin. Il dit à Merveilleuse que le roi la demandait. Elle se leva promptement. Une petite moresse appellée Patypata, prit la queue de sa robe: sa guenuche et son doguin qui la suivaient toujours, coururent après elle. Sa guenuche se nommait Grabugeon, et le doguin Tintin.

Le capitaine des gardes obligea Merveilleuse de descendre, et lui dit que le roi était dans le jardin pour y prendre le frais; elle y entra. Il fit semblant de le chercher, et ne l'ayant point trouvé: sans doute, dit-il, le roi a passé jusqu'à la forêt. Il ouvrit une petite porte, et la mena dans la forêt. Le jour paraissait déjà un peu; la princesse regarda son conducteur; il avait les larmes aux yeux, et il était si triste qu'il ne pouvait parler. Qu'avez-vous, lui dit-elle avec un air de bonté charmant, vous me paraissez bien affligé? Ha! madame, qui ne le serait, s'écria-t-il, de l'ordre le plus funeste qui ait jamais été. Le roi veut que je vous égorge ici, et que je lui porte votre cœur et votre langue: si j'y manque, il me fera mourir. La pauvre princesse effrayée, pâlit et commença à pleurer tout doucement; elle semblait d'un petit agneau qu'on allait immoler. Elle attacha ses beaux yeux sur le capitaine des gardes et le regardant sans colère: Aurez-vous bien le courage, lui dit-elle, de me tuer, moi qui ne vous ai jamais fait de mal, et qui n'ai dit au roi que du bien de vous? Encore si j'avais mérité la haine de mon père, j'en souffrirais les effets sans mur-

murer. Hélas ! je lui ai tant témoigné de respect et d'attachement, qu'il ne peut se plaindre sans injustice. Ne craignez pas aussi, belle princesse, dit le capitaine des gardes, que je sois capable de lui prêter ma main pour une action si barbare, je me résoudrais plutôt à la mort dont il me menace; mais, quand je me poignarderais, vous n'en seriez pas plus en sûreté : il faut trouver moyen que je puisse retourner auprès du roi, et lui persuader que vous êtes morte.

Quel moyen trouverons-nous, dit Merveilleuse; car il veut que vous portiez ma langue et mon cœur, sans cela il ne vous croira point? Patypata qui avait tout écouté, et que la princesse ni le capitaine des gardes n'avaient pas même aperçue; tant ils étaient tristes, s'avança courageusement et vint se jeter aux pieds de Merveilleuse : Madame, lui dit-elle, je viens vous offrir ma vie; il faut me tuer; je serai trop contente de mourir pour une si bonne maîtresse. Ha ! je n'ai garde, ma chère Patypata, dit la princesse en la baisant ; après un si tendre témoignage de ton amitié, ta vie ne me doit pas être moins précieuse que la mienne propre. Grabugeon s'avança et dit vous avez raison, ma princesse, d'aimer une esclave aussi fidèle que Patypata ; elle vous peut être plus utile que moi ; je vous offre ma langue et mon cœur, avec joie, voulant m'immortaliser dans l'empire des magots. Ha ! ma mignone Grabugeon, répliqua Merveilleuse je ne puis souffrir la pensée de t'ôter la vie. Il ne serait pas supportable pour moi, s'écria Tintin, qu'étant un aussi bon doguin que je le suis, un autre donnât sa vie pour ma maîtresse, je dois mourir ou personne ne mourra. Il s'éleva là-dessus une grande dispute entre Patypata, Grabugeon et Tintin ; l'on en vint aux grosses paroles; enfin grabugeon plus vive que les autres, monta au haut d'un arbre, et se laissa tomber exprès la tête la première, ainsi elle se tua; et quelque regret qu'en eut la princesse, elle consentit, puisqu'elle était morte, que le capitaine des gardes prit sa langue; mais elle se trouva si petite (car en tout elle n'était pas plus grosse que le poing) qu'ils jugèrent avec une grande douleur que le roi n'y serait point trompé.

Hélas! ma chère petite guenon, te voilà donc morte, dit la princesse, sans que ta mort mette ma vie en sûreté. C'est à moi que cet honneur est réservé, interrompit la moresse. En même tems, elle prit le couteau dont on s'était servi pour Grabugeon et se l'enfonça dans la gorge. Le capitaine des gardes voulut emporter sa langue, elle était si noir, qu'il n'osa se flatter de tromper le roi avec. Ne suis-je pas bien malheureuse, dit la princesse en pleurant, je perds tout ce que j'aime, et ma fortune ne change point. Si vous aviez voulu, dit Tintin, accepter ma proposition, vous n'auriez eu que moi à regretter, et j'aurais l'avantage d'être seul regretté.

Merveilleuse baisa son petit doguin, en pleurant si fort qu'elle n'en pouvait plus : elle s'éloigna promptement ; de sorte que lorsqu'elle se retourna, elle ne vit plus son conducteur ; elle se trouva au milieu de sa moresse, de sa guenuche et de son doguin. Elle ne put s'en aller qu'elle ne les eut mit dans une fosse qu'elle trouva par hasard au pied d'un arbre, ensuite elle écrivit ces paroles sur l'arbre.

Ci-gît un mortel, deux mortelles,
Tous trois également fidelles,
Qui voulant conserver mes jours,
Des leurs ont avancé le cours.

Elle songea enfin à sa sûreté ; et comme il n'y en avait point pour elle dans cette forêt qui était si proche du château de son père, que les premiers passans pouvaient la voir et la reconnaître, ou que les lions et les loups pouvaient la manger comme un poulet, elle se mit à marcher tant qu'elle put; mais la forêt était si grande, et le soleil si ardent, qu'elle mourait de chaud, de peur et de lassitude. Elle regardait de tous côtés, sans voir le bout de la forêt. Tout l'effrayait; elle croyait toujours que le roi courait après elle pour la tuer : il est impossible de redire ses tristes plaintes.

Elle marchait sans suivre aucune route certaine; les buissons déchiraient sa belle robe, et blaissaient sa peau blanche. Enfin elle entendit bêler un mouton : sans doute, dit-elle, qu'il y a des bergers ici avec leurs troupeaux; ils pourront me guider à quelque hameau, où je me cacherai sous l'habit d'une paysanne. Hélas! continua-t-elle, ce ne sont pas les souverains et les princes qui sont toujours les plus heureux. Qui croirait dans tout ce royaume que je suis fugitive, que mon père, sans raison ni sujet, souhaite ma mort, et que pour l'éviter, il faut que je me déguise !

En faisant ces réflexion, elle s'avançait vers le lieu où elle entendait bêler; mais quelle fût sa surprise, en arrivant dans un endroit assez spacieux, tout entouré d'arbres, de voir un gros mouton plus blanc que la neige, dont les cornes étaient dorées, qui avait une guirlande de fleurs autour de son col, les jambes entourées de fils de perles d'une grosseur prodigieuse, quelques chaines de diamans sur lui, et qui était couché sur des fleurs d'oranges; un pavillon de drap d'or suspendu en l'air, empêchait le soleil de l'incommoder; une centaine de moutons parés étaient autour de lui, qui ne pessaient point l'herbe, mais les une prenaient du café, du sorbet, des glaces, de la limonade, les autres des fraises; de la crême et des confitures; les uns jouaient à la bassette, d'autres au lansquenet; plusieurs avaient ces colliers d'or enrichis de devises galantes les oreilles percées, des rubans et des fleurs en mille endroits. Merveilleuse demeura si étonnée, qu'elle resta presqu'immobile. Elle cherchait des yeux le berger d'un troupeau si extraordinaire, lorsque le plus beau mouton vint à elle, bondissant et sautant. Approchez, divine princesse, lui dit-il, ne craignez point des animaux aussi doux et pacifiques que nous. Quel prodige! des moutons qui parlent! Ha! madame, reprit-il, votre guenon et votre doguin parlaient si joliment, avez-vous moins de sujets de vous en étonner? Une fée, repliqua Merveilleuse, leur avait fait le don de la parole, c'est ce qui rendait le prodige plus familier. Peut-être qu'il nous est arrivé quelque aventure semblable, répondit le mouton en souriant à la moutonne. Mais ma princesse, qui conduit ici vos pas? Mille malheurs, seigneur mouton, lui dit-elle, je suis la plus infortunée princesse

cesse du monde; je cherche un asyle contre les fureurs de mon père. Venez, madame, répliqua le mouton, venez avec moi, je vous en offre un qui ne sera connu que de vous, et vous y serez la maîtresse absolue. Il m'est impossible de vous suivre, dit Merveilleuse; je suis si lasse que j'en mourrais.

Le mouton aux cornes dorées commanda qu'on fut querir son char. Un moment après, l'on vit venir six chèvres attelées à une citrouille d'une si prodigieuse grosseur, que deux personnes pouvaient s'y asseoir très-commodément. La citrouille était sèche, il y avait dedans de bons carreaux de duvet et de velours par-tout. La princesse s'y plaça, admirant un équipage si nouveau. Le maître mouton entra dans la citrouille avec elle, et les chèvres coururent de toutes leurs forces jusqu'à une caverne, dont l'entrée se fermait par une grosse pierre.

Le mouton doré la toucha avec son pied, aussi-tôt elle tomba. Il dit à la princesse d'entrer sans crainte; elle croyait que cette caverne n'avait rien que d'affreux, et si elle eut été moins allarmée, rien n'aurait pu l'obliger de descendre; mais dans la force de son appréhension, elle se serait même jettée dans un puit. Elle n'hésita donc pas à suivre le mouton qui marchait devant elle; il la fit descendre si bas, si bas, qu'elle pensait aller tout au moins aux Antipodes; et elle avait peur quelquefois qu'il ne la conduisit au royaume des morts. Enfin elle découvrit tout d'un coup une vaste plaine émaillée de mille fleurs différentes, dont la bonne odeur surpassait toutes celles qu'elle avait jamais senties; une grosse rivière d'eau de fleurs d'oranges coulait autour, des fontaines de vins d'Espagne, de Rossolis, d'hypocras et de mille autres sortes de liqueurs formaient des cascades et de petits ruisseaux charmans. Cette plaine était couverte d'arbres singuliers; il y avait des avenues toutes entières de perdreaux, mieux piqués et mieux cuits que chez la Guerbois, qui pendaient aux branches; il y avait d'autres allées de cailles et de lapereaux, de dindons, de poulets, de faisans et d'ortolans; en de certains endroits où l'air paraissait plus obscur: il y pleuvait des bisques d'écrévisse, des soupes de santé, des foies gras, des ris de veau mis en ragoûts, des boudins blancs, des saucissons, des tourets, des pâtés, des confitures sèches et liquides, des louis d'or, des écus, des perles et des diamans. La rareté de cette pluie, et tout ensemble l'utilité, aurait attiré la bonne compagnie, si le gros mouton avait été un peu plus d'humeur à se familiariser; mais toutes les chroniques qui ont parlé de lui, assurent qu'il gardait mieux sa gravité qu'un sénateur romain.

Comme l'on était dans la plus belle saison de l'année, lorsque Merveilleuse arriva dans ces beaux lieux, elle ne vit point d'autres palais qu'une longue suite d'orangers, de jasmains, de chèvrefeuilles et de petites roses muscades, dont les branches entrelassées les unes dans les autres, formaient des cabinets, des salles et des chambres toutes meublées de gaze d'or et d'argent, avec de grands miroirs, des lustres et des tableaux admirables.

Le maître mouton dit à la princesse qu'elle était souveraine dans ces lieux, que depuis quelques années il avait eu des sujets sensibles de s'affliger et de répandre des larmes, mais qu'il ne tiendrait qu'à elle de lui faire oublier ses malheurs. La manière dont vous en usez, charmant mouton, lui dit-elle, a quelque chose de si généreux, et tout ce que je vois ici me parait si extraordinaire, que je ne sais qu'en juger.

Elle avait à peine achevé ces paroles, qu'elle vit paraître devant elle une troupe de nymphes d'une admirable beauté. Elles lui présentèrent des fruits dans des corbeilles d'ambes; mais lorsqu'elle voulut s'approcher d'elles, insensiblement leurs corps s'éloignèrent; elle alongea le bras pour les toucher, elle ne sentit plus rien, et connut que c'était des fantômes. Ha ! qu'est ceci, s'écria-t-elle? Avec qui suis-je? Elle se prit à pleurer, et le roi Mouton (car on le nommait ainsi) qui l'avait laissée pour quelques momens, étant revenu auprès d'elle, et voyant couler ses larmes, en demeura si éperdu, qu'il pensa mourir à ses pieds.

Qu'avez-vous, belle princesse, lui dit-il? A-t-on manqué dans ces lieux au respect qui vous est dû? Non, lui dit-elle, je ne me plains point, je vous avoue seulement que je ne suis pas accoutumée à vivre avec les morts et avec les moutons qui parlent. Tout me fait peur ici; et quelque obligation que je vous aie de m'y avoir amenée, je vous en aurai encore davantage de me remettre dans le monde.

Ne vous effrayez point, répliqua le mouton, daignez m'entendre tranquillement, et vous saurez ma déplorable aventure.

Je suis né sur le trône. Une longue suite de rois que j'ai pour aïeux, m'avait assuré la possession du plus beau royaume de l'univers; mes sujets m'aimaient et j'étais crains et envié de mes voisins et estimé avec quelque justice. On disait que jamais roi n'était plus digne de l'être. Ma personne n'était pas indifférente à ceux qui me voyaient, j'aimais fort la chasse; et m'étant laissé emporté au plaisir de suivre un cerf qui m'éloigna en peu de tems de tous ceux qui m'accompagnaient, je le vis tout-d'un-coup se précipiter dans un étang; j'y poussai mon cheval avec autant d'imprudence que de témérité; mais en avançant un peu, je sentis au lieu de la fraîcheur de l'eau, une chaleur extraordinaire, l'étang tarit; et par une ouverture dont il sortait des feux terribles, je tombai au fond d'un précipice où l'on ne voyait que des flâmes.

Je me croyais perdu, lorsque j'entenpis une voix qui me dit : Il ne faut pas moins de feux, ingrat, pour échauffer ton cœur. Hé! qui se plaint ici de ma froideur, m'écriai-je? Une personne infortunée, répliqua la voix, qui t'adore sans espoir. En même-tems les feux s'éteignirent; je vis une Fée que je connaissais dès ma tendre jeunesse, dont l'âge et la laideur m'avaient toujours épouvanté; elle s'appuyait sur une jeune esclave d'une beauté incomparable. Elle avait des chaînes d'or qui marquait assez de condition. Quelle prodige se passe ici, Ragotte, lui dis-je, (c'est le nom de la Fée)? Serais-ce bien par vos ordres? Hé! par l'ordre de qui donc: répliqua-t-elle? N'as-tu pas connu jusqu'à présent mes sentimens? Faut-il que j'aie la honte de m'en expliquer? Mes yeux autrefois si sûr de leurs coups, ont-ils perdu tout leur pouvoir? Considère où je m'abaisse, c'est moi qui te fais l'aveu de ma faiblesse, car encore que tu sois un grand roi, tu es moins qu'une fourmi devant une Fée comme moi.

Je suis tout ce qu'il vous plaira, lui dis-je, d'un air et d'un ton impatient; mais enfin, que me demandez-vous? Est-ce ma couronne, mes villes, mes trésors? Ha! malheureux, reprit-elle dédaigneusement, mes marmitons, quand je voudrai, seront plus puissans que toi. Je demande ton cœur; mes yeux te l'ont demandé mille et mille fois, tu ne les as pas entendus, ou pour mieux dire, tu n'as pas voulu les entendre. Si tu étais engagé avec une autre, continua-t-elle, je te laisserais faire des progrès dans tes amours; mais j'ai eu trop d'intérêt à t'éclairer, pour n'avoir pas découvert l'indifférence qui règne dans ton cœur. Hé! bien, aime-moi ajouta-t-elle, en serrant la bouche pour l'avoir plus agréable, et roulant les yeux, je serai ta petite Ragotte, j'ajouterai vingt royaumes à celui que tu possèdes, cent tours pleines d'or, cinq cens pleines d'argent; en un mot, tout ce que tu voudras.

Madame Ragotte, lui dis-je, ce n'est

point dans le fond d'un trou où j'ai pensé être rôti, que je veux faire une dèclaration à une personne de votre mérite; je vous supplie, par tous les charmes qui vous rendent aimable, de me mettre en liberté, et puis nous verrons ensemble ce que je pourrai pour votre satisfaction. Ha! traitre, s'écria-t-elle, si tu m'aimais, tu ne chercherais point le chemin de ton royaume; dans une grotte, dans une renardière, dans les bois, dans les déserts, tu serais content. Ne crois pas que je sois novice; tu songes à t'esquiver, mais je t'avertis qu'il faut que tu restes ici; et la première chose que tu feras, c'est de garder mes moutons: ils ont de l'esprit, et parlent pour le moins aussi bien que toi.

En même tems elle s'avança dans la plaine où nous sommes, et me montra son troupeau. Je le considérai peu; cette belle esclave qui était auprès d'elle m'avait semblé merveilleuse; mes yeux me trahirent. La cruelle Ragotte y prénant garde, se jetta sur elle, et lui enfonça un poinçon si avant dans l'œil, que cet objet adorable perdit sur le champ la vie. A cette funeste vue, je me jettai sur Ragotte, et mettant l'épée à la main, je l'aurais immolée à des mannes si chères, si par son pouvoir elle ne m'eut rendu immobile. Mes efforts étant inutiles, je tombai par terre, et je cherchais les moyens de me tuer pour me délivrer de l'etat où j'étais, quand elle me dit avec un sourire ironique : je veux te faire connaître ma puissance ; tu es un lion à présent, tu vas devenir un mouton.

Aussitô: elle me toucha de sa baguette et je me trouvai métamorphosé comme vous voyez. Je ne perdis point l'usage de la parole, ni les sentimens de douleur que je devais à mon état. Tu seras cinq ans mouton, dit-elle, et maître absolu de ces beaux lieux ; pendant qu'éloignée de toi, et ne voyant plus ton agréable figure, je ne songerai qu'à la haine que je te dois.

Elle disparut, et si quelque chose avait pu adoucir ma disgrace, ç'aurait été son absence. Les moutons parlans qui sont ici, me reconnurent pour leur roi; ils me racontèrent qu'ils étaient des malheureux qui avaient déplu par plusieurs sujets différens à la vindicative Fée, et qu'elle en avait composé un troupeau; que leur pénitence n'était pas aussi longue pour les uns que pour les autres. En effet, ajouta-t-il de tems en tems il redeviennent ce qu'ils avaient été, et quittent leur troupeau; pour les autres, ce sont des rivales ou des ennemies de Ragotte, qu'elle a tuée pour un siècle ou pour moins, et qui retourneront ensuite dans le monde. La jeune esclave dont je vous ai parlé est de ce nombre : je l'ai vue plusieurs fois de suite avec plaisir, quoiqu'elle ne me parla point, et qu'en voulant l'approcher, il me fut facheux de connaître que ce n'était qu'une ombre; mais ayant remarqué un de mes moutons assidu près de ce petit fantôme, j'ai su que c'ètait son amant, et que Ragotte, susceptible des tendres impressions, avait voulu le lui ôter.

Cette raison m'éloigna de l'ombre esclave; et depuis trois ans, je n'ai senti aucun penchant pour rien que pour ma liberté.

C'est ce qui m'engage d'aller quelquefois dans la forêt. Je vous ai vue belle princesse, continua-t-il, tantôt sur un chariot que vous conduisiez vous-même avec plus d'adresse que le soleil n'en a lorsqu'il conduit le sien, tantôt à la chasse sur un cheval qui eemblait indomptable à tout autre qu'à vous; puis courant légèrement dans la plaine avec les princesses de votre cour, vous gagniez le prix comme une autre Atalante. Ah! princesse, si dans tous ces tems où mon cœur vous rendait des vœux secrets, j'avais osé vous parler, que ne vous aurais-je point dit? Mais comment auriez-vous reçu la déclaration d'un malheureux mouton comme moi?

Merveilleuse était si troublée de tout ce qu'elle avait entendu jusqu'alors, qu'elle ne savait presque plus lui répondre; elle lui fit cependant des honnêtetés qui lui laissèrent quelque espérance, et dit qu'elle avait moins peur des ombres puisqu'elles devaient revivre un jour. Hélas! continua-t-elle, si ma pauvre Patypata,, ma chère Grabugeon et le joli Tintin, qui sont morts pour me sauver pouvaient avoir un sort semblable, je ne m'ennuirais plus ici.

Malgré la disgrace du roi mouton, il ne laissait pas d'avoir des privilèges admirables. Allez, dit-il, à son grand écuyer, (c'était un mouton de fort bonne mine) allez querir la moresse, la guenuche et le doguin, leurs ombres divertiront notre princesse. Un instant après, Merveilleuse les vit, et quoiqu'ils ne l'approchassent pas d'assez près pour en être touchés, leur présence lui fut d'une consolation infinie.

Le roi Mouton avait tout l'esprit et

toute la délicatesse qui pouvait former d'agréables conversations. Il aimait si passionnément Merveilleuse qu'elle vint aussi à le considérer, et ensuite à l'aimer. Un joli mouton bien doux, bien caressant ne laissait pas de plaire, sur tout quand on sait qu'il est roi, et que la méthamorphose doit finir. Ainsi la princesse passait doucement ses beaux jours attendant un sort plus heureux. Le galant mouton ne s'occupait que d'elle; il faisait des fêtes, des concerts, des chasses; son troupeau le secondait, jusqu'aux ombres, elles y jouaient leurs personnages.

Un soir que les couriers arrivèrent, car il envoyait soigneusement aux nouvelles, et il en savait toujours des meilleures; on vint lui dire que la sœur aînée de la princesse Merveilleuse allait épouser un grand prince, et que rien n'était plus magnifique que tout ce qu'on préparait pour les noces. Ha! s'écria la jeune princesse, que je suis inforunée de ne pas voir tant de belles choses;

voilà sous la terre avec des ombres et des moutons, pendant que ma sœur va paraître parée comme une reine ; chacun lui fera sa cour, je serai la seule qui ne prendra point de part à sa joie. De quoi vous plaignez-vous, madame, lui dit le mouton, vous ai-je refusé d'aller à la noce? Partez quand il vous plaira, mais donnez-moi parole de revenir ; si vous n'y consentez pas, vous m'allez voir expirer à vos pieds, car l'attachement que j'ai pour vous est trop violent pour que je puisse vous perdre sans mourir.

Merveilleuse attendrie, promit au Mouton que rien au monde ne pourrait empêcher son retour. Il lui donna un équipage proportionné à sa naissance ; elle s'habilla superbement, et n'oublia rien de tout ce qui pouvait augmenter sa beauté ; elle monta dans un char de nacre de perles traîné par six Hippogryphes isabelles, nouvellement arrivés des Antipodes ; il la fit accompagner par un grand nombre d'officiers richement vêtus et admirablement bien faits; il les avait envoyés chercher fort loin pour faire le cortège.

Elle se rendit au château du roi son père, dans le moment qu'on célébrait le mariage; dès qu'elle entra, elle surprit par l'éclat de sa beauté et par celui de ses pierreries, tous ceux qui la virent; elle n'entendait autour d'elle que des acclamations et des louanges; le roi la regardait avec une attention et un plaisir qui lui fit craindre d'en être reconnue; mais il était si prévenu de sa mort, qu'il n'en eut pas, la moindre idée.

Cependant l'appréhension d'être arrêtée, l'empêcha de rester jusqu'à la fin de la cérémonie; elle sortit brusquement et laissa un petit coffre de corail, garni d'émeraudes; on voyait écrit dessus en pointes de diamans, *pierreries pour la mariée*. On l'ouvrit aussi-tôt, et que n'y trouva-t-on pas? Le roi qui avait espéré de la rejoindre et qui brûlait de la connaître, fut au désespoir de ne la plus voir; il ordonna absolument, que si jamais elle revenait, on fermât toutes les portes sur elle, et qu'on la retint.

Quelque courte que fut l'abecens de Merveilleuse, elle avait semblé au mouton de la longueur d'un siècle. Il l'attendait au bord d'une fontaine, dans les plus épais de la forêt : il y avait fait étaler des richesses immenses pour les lui offrir en reconnaissance de son retour. Dès qu'il la vit, il courut vers elle, sautant et bondissant comme un vrai mouton ; il lui fit mille tendres caresses, il se couchait à ses pieds, il baisait ses mains, il lui racontait ses inquiétudes et ses impatiences ; sa passion lui donnait une éloquence dont la princesse était charmée.

Au bout de quelques tems, le roi maria sa seconde fille. Merveilleuse l'apprit et elle pria le mouton de lui permettre d'aller voir comme elle avait déjà fait, une fête où elle s'intéressait si fort. A cette proposition, il sentit une douleur dont il ne fut point le maître, un pressentiment secret lui annonçait son malheur ;

mais comme il n'est pas toujours en nous de l'éviter, et que sa complaisance pour la princesse l'emportait sur tous les autres intérêts, il n'eut pas la force de la refuser. Vous voulez me quitter, madame, lui dit-il; cet effet de mon malheur vient plutôt de ma mauvaise destinée que de vous. Je consens à ce que vous souhaitez, et je ne puis jamais vous faire un sacrifice plus complet.

Elle l'assura qu'elle tarderait aussi peu que la première fois; qu'elle ressentirait vivement tout ce qui pourrait l'éloigner de lui, et qu'elle conjurait de ne point s'inquiéter. Elle se servit du même équipage qui l'avait déjà conduite, et elle arriva comme la cérémonie commençait: malgré l'attention que l'on y avait, sa présence fit élever un cri de joie et d'admiration, qui attira les yeux de tous les princes sur elle; ils ne pouvait se lasser de la regarder, et ils la trouvaient d'une beauté si peu commune, qu'ils étaient prêts à croire que ce n'était pas une personne mortelle.

Le roi se sentit charmé de la revoir; il n'ôta les yeux de sur elle, que pour ordonner que l'on fermât bien toutes les portes pour la retenir. La cérémonie étant sur le point de finir, la princesse se leva promptement, voulant se dérober parmi la foule, mais elle fut extrêmement surprise et affligée de trouver les portes fermées.

Le roi l'aborda avec un grand respect et une soumission qui la rassura. Il la pria de ne leur pas ôter sitôt le plaisir de la voir et d'être du célèbre festin qu'il donnait aux princes et aux princesses. Il la conduisit dans un salon magnifique où toute la cour était; il prit lui-même un bassin d'or et un vase plein d'eau, pour laver ses belles mains. Dans ce moment elle ne fut plus maîtresse de son transport, elle se jeta à ses pieds, et embrassant ses genoux: Voilà mon songe accompli, dit-elle, vous m'avez donné à laver le jour des noces de ma sœur, sans qu'il vous en soit rien arrivé de fâcheux.

Le roi la reconnut avec d'autant moins de peine, qu'il avait trouvé plus d'une fois qu'elle ressemblait parfaitement à Merveilleuse. Ha! ma chère fille, dit-il, en l'embrassant et versant des larmes, pouvez vous oublier ma cruauté? J'ai voulu votre mort, parce que je croyais que votre songe signifiait la perte de ma couronne. Il la signifiait aussi, continua-t-il; voilà vos deux sœurs mariées, elles en ont chacune une, et la mienne sera pour vous. Dans le même moment il se leva et la mit sur la tête de la princesse, puis il cria: Vive la reine Merveilleuse; toute la cour cria comme lui: les deux sœurs de cette jeune reine vinrent lui sauter au cou, et lui faire mille caresses. Merveilleuse ne se sentait pas, tant elle était aise: elle pleurait et riait tout-à-la fois; elle embrassait l'une, elle parlait à l'autre, elle remerciait le roi, et parmi toutes ces différentes choses, elle se souvenait du capitaine des gardes auquel elle avait tant d'obligation, elle le demandait avec instance; mais on lui dit qu'il était mort : elle ressentit vivement cette perte.

Lorsqu'elle fut à table, le roi la pria de raconter ce qui lui était arrivé depuis le jour où il avait donné des ordres si funestes contre elle. Aussi-tôt elle prit la parole avec une grâce admirable, et tout le monde attentif l'écoutait.

Mais pendant qu'elle s'oubliait auprès du roi et de ses sœurs, l'amoureux mouton voyait passer l'heure du retour de la princesse, et son inquiétude devenait si extrême, qu'il n'en était point le maître. Elle ne veut plus revenir, s'écriait-il, ma malheureuse figure de mouton lui déplait. Ha! trop infortuné amant, que ferai-je sans Merveilleuse? Ragotte, barbare fée, quelle vengeance ne prends-tu point de l'indifférence que j'ai pour toi? Il se plaignit long-tems, et voyant que la nuit approchait, sans que la princesse parût, il courut à la ville. Quand il fut au palais du roi, il demanda Merveilleuse; mais comme chacun savait déjà son aventure, et qu'on ne voulait plus qu'elle retournât avec le mouton, on lui refusa durement de la voir; il poussa des plaintes, et fit des regrets capables d'émouvoir tout autre que les suisses, qui gardait la porte du palais. Enfin, pénétré de douleur, il se jeta par terre et et y rendit la vie.

Le roi et Merveilleuse ignoraient la triste tragédie qui venait de se passer. Il proposa à sa fille de monter dans un char, et de se faire voir par toute la ville, à la clarté de mille et mille flambeaux, qui étaient aux fenêtres et dans les grandes places; mais quel spectacle pour elle, de trouver en sortant de son palais son cher mouton, étendu sur le pavé, qui ne respirait plus? Elle se précipita du chariot, elle courut vers lui, elle pleura, elle gémit, elle connut que son peu d'exactitude avait causé la mort du mouton royal. Dans son désespoir, elle pensa mourir elle-même. L'on convint alors que les personnes les plus élevées sont sujettes, comme les autres, aux coups de la fortune, et que souvent elles éprouvent les plus grands malheurs dans le moment où elles se croyent au comble de leurs souhaits.

Souvent les plus beaux dons des cieux
Ne servent qu'à notre ruine ;
Le mérite éclatant que l'on demande aux dieux,
Quelquefois de nos maux est la triste origine.
Le roi Mouton eut moins souffert,
S'il n'eut point allumé cette flâme fatale
Que Ragotte vengea sur lui, sur sa rivale:
C'est son mérite qui le perd.
Il devait éprouver un destin plus propice.
Ragotte et ses présents ne purent rien sur lui ;
Il haïssait sans feinte, aimait sans artifice
Et ne ressemblait pas aux hommes d'aujourd'hui.

Sa fin même pourra nous paraître fort rare,
Et ne convient qu'au roi Mouton.
On n'en voit point dans ce canton
Mourir quand leur brebis s'égare.

Il s'élança avec son chat espagnol.

LE NAIN JAUNE.

CONTE.

Il était une fois une reine, à laquelle il ne resta de plusieurs enfans qu'elle avait eus, qu'une fille qui en valait plus de mille ; mais sa mère se voyant veuve, et n'ayant rien au monde de si cher que cette jeune princesse, elle avait une si terrible appréhension de la perdre, qu'elle ne la corrigeait point de ses défauts ; de sorte que cette merveilleuse personne, qui se voyait d'une beauté plus céleste que mortelle, et destinée à porter une couronne, devint si fière et si entêtée de ses charmes naissans, qu'elle méprisait tout le monde.

La reine sa mère aidait, par ses caresses et par ses complaisances, à lui persuader qu'il n'y avait rien qui pût être digne d'elle; on la voyait presque toujours vêtue en Pallas ou en Diane, suivie des premières de la cour, habillées en nymphes : Enfin pour donner le dernier coup à sa vanité, la reine la nomma Toute-Belle, et l'ayant fait peindre par les plus habiles peintres, elle envoya son portrait chez plusieurs roi, avec lesquels elle entretenait une étroite amitié. Lorsqu'ils virent ce portrait, il n'y en eut aucun qui se défendît du pouvoir inévitable de ses charmes : les uns en tombèrent malades, les autres en perdirent l'esprit, et les plus heureux arrivèrent en bonne santé auprès d'elle : mais sitôt qu'elle parut, ces pauvres princes devinrent ses esclaves.

Il n'a jamais été une cour plus galante et plus polie. Vingt rois, à l'envi, essayaient de lui plaire : et après avoir dépensé trois ou quatre cens millions à lui donner seulement une fête, lorsqu'ils en avaient tiré un *cela est joli*, ils se trouvaient trop récompensés. Les adorations qu'on avait pour elle ravissaient la reine : il n'y avait point de jour qu'on ne reçut à sa cour sept ou huit mille sonnets, autant d'élégies, de madrigaux et des chansons, qui étaient envoyés par tous les poëtes de l'univers. Toute-Belle était l'unique objet de la prose et de la poésie des auteurs de son tems, l'on ne faisait jamais de feux de joie qu'avec ces vers, qui pétillaient et brûlaient mieux qu'aucune sorte de bois.

La princesse avait déjà quinze ans, personne n'osait prétendre à l'honneur d'être son époux, et il n'y avait personne qui ne désirât de le devenir. Mais comment toucher un cœur de ce caractère? On se serait pendu cinq ou six fois par jour pour lui plaire, qu'elle aurait traité cela de bagatelle. Ses amans murmuraient fort contre sa cruauté et la reine, qui voulait la marier ne savait comment s'y prendre pour l'y résoudre. Ne voulez-vous pas, lui disait-elle quelquefois, rabattre un peu de cet orgueil insupportable, qui vous fait regarder avec mépris tous les rois qui viennent à notre cour: je veux vous en donner un, vous n'avez aucune complaisance pour moi ? Je suis si heureuse, lui répondait Toute-Belle, permettez-moi, madame, que je demeure dans une tranquille indifférence, vous pourriez en être fâchée. Oui, répliquait la reine, j'en serais fâchée si vous aimiez quelque chose au-dessous de vous : mais voyez ceux qui vous demandent, et sachez qu'il n'y en a point ailleurs qui les valent.

Cela était vrai : maisla princesse, prévenue de son mérite, croyait valoir encore mieux : et peu-à-peu, par un entêtement de rester fille, elle commença de chagriner si fort sa mère, qu'elle se repentit, mais trop tard, d'avoir eu tant de complaisance pour elle.

Incertaine de ce qu'elle devait faire, elle fut toute seule chercher la célèbre fée du désert : mais il n'était point aisé de la voir, car elle était gardée par des lions. La reine y aurait été bien empêchée, si elle n'avait pas su depuis long-tems qu'il fallait leur jeter du gâteau fait de farine de millet, avec du sucre candi et des œufs de crocodiles : elle pétrit elle-même ce gâteau, et le mit dans un petit panier à son bras. Comme elle était lasse d'avoir marché si long-tems, n'y étant point accoutumée elle se coucha au pied d'un arbre p ur prendre quelque repos : insensiblement elle s'assoupit : mais en se réveillant elle trouva seulement son panier, le gâteau n'y était plus : et pour comble de malheur, elle entendit les grands lions venir, qui faisaient beaucoup de bruit, car ils l'avaient sentie.

Hélas ! que deviendrai-je, s'écria-t-elle douloureusement ? je serai dévorée. Elle pleurait, et n'ayant point la force de faire un pas pour se sauver, elle se tenait contre l'arbre où elle avait dormi : en même-tems elle entendit : chet, chet, hem, hem : elle regarde de tous côtés en levant les yeux : elle aperçoit sur l'arbre un petit homme qui n'avait qu'une coudée de haut : il mangeait des oranges, et lui dit : Oh ! reine, je vous connais bien, et je sais la crainte où vous êtes que les lions ne vous dévorent : ce n'est pas sans raison que vous avez peur : car ils en ont dévoré bien d'autres, et pour comble de disgrace vous n'avez point de gâteau. Il faut me résoudre à la mort, dit la reine en soupirant; hélas! j'y aurais moins de peine si ma chère fille était mariée! Quoi, vous avez une fille, s'écria le nain Jaune? (on le nommait ainsi à cause de la couleur de son teint, et de l'oranger où il demeurait) vraiment je m'en réjouis car je cherche une femme par terre et par mer; voyez si vous me la voulez promettre, je vous garantirai des lions, des tigres et des ours. La reine le regarda, et elle ne fut guère moins effrayée de son horrible petite figure, qu'elle l'ètait déjà des lions; elle rêvait, et ne lui répondait rien. Quoi! vous hésitez, madame, lui cria-t-il, il faut que vous n'aimiez guère la vie. En même-tems la reine aperçut les lions sur le haut d'une colline, qui accouraient à elle; ils avaient chacun deux têtes, huit pieds, quatre rangs de dents, et leur peau était aussi dure que l'écaille, et aussi rouge que du maroquin. A cette vue la pauvre reine plus tremblante que la colombe quand elle aperçoit un milan, cria de toute sa force : Mon seigneur le nain, Toute-Belle est à vous. Oh ! dit-il d'un air dédaigneux, Toute-Belle est trop belle, je n'en veux point, gardez-là. Hé ! mon seigneur, continua la reine affligée, ne la refusez pas, c'est la plus charmante princesse de l'univers. Hé bien répliqua-t-il, je l'accepte par charité ; mais souvenez-vous du don que vous m'en faites. Aussi-tôt l'oranger, sur lequel il était, s'ouvrit, la reine se jeta dedans à corps perdu ; il se referma, et les lions n'attrapèrent rien.

La reine était si troublée, qu'elle ne voyait pas une porte ménagée dans cet arbre : enfin, elle l'aperçut et l''ouvrit ; elle donnait dans un champ d'orties et de chardons. Il était entouré d'un fossé bourbeux, et un peu plus loin, était une maisonnette fort basse, couverte de paille: le nain Jaune en sortit d'un air enjoué: il avait des sabots, une jaquette de bure jaune, point de cheveux, de grandes oreilles; et tout l'air d'un petit scélérat.

Je suis ravi, dit-il à la reine, madame, ma belle-mère, que vous voyiez le petit château où votre Toute-Belle vivra avec moi: elle pourra nourrir, de ces orties et de ces chardons, un âne qui la portera à la promenade: elle se garantira sous ce rustique toit de l'injure des saisons: elle boira de cette eau, et mangera quelques grenouilles qui s'y nourrissent grassement: enfin elle m'aura jour et nuit auprès d'elle, beau, dispos et gaillard, comme vous me voyez: car je serais bien fâché que son ombre l'accompagnât mieux que moi.

L'infortunée reine, considérant tout d'un coup la déplorable vie que ce nain promettait à sa chère fille, et ne pouvant soutenir une idée si terrible, tomba de sa hauteur, sans connaissance, et sans avoir eu la force de lui répondre un mot: mais pendant qu'elle était ainsi, elle fut rapportée dans son lit, bien proprement, avec les plus belles cornettes de nuit, et la fontange du meilleur air qu'elle eut mise de ses jours. La reine s'éveilla, et se souvint de ce qui lui était arrivé; elle n'en crut rien du tout: car se trouvant daus son palais au milieu de ses dames, sa fille à ses côtés, il n'y avait guère d'apparence qu'elle eut été au désert, qu'elle y eut couru de si grands périls et que le nain l'en eut tirée à des conditions si dures, que de lui donner Toute-Belle. Cependant ces cornettes d'une dentelle rare, et le ruban l'étonnaient autant que le rêve qu'elle croyait avoir fait, et dans l'excès de son inquiétude, elle tomba dans une mélancolie si extraordinaire, qu'elle ne pouvait presque plus ni parler, ni manger, ni dormir.

La princesse, qui l'aimait de tout son cœur, s'en inquiéta beaucoup: elle la suppli a plusieurs fois de lui dire ce qu'elle avait : mais la reine cherchant des prétextes, lui répondait, tantôt, que c'était l'effet de sa mauvaise santé, et tantôt, que quelqu'un de ses voisins la menaçait d'une grande guerre. Toute-Belle voyait bien que ses réponses étaient plausibles, mais que dans le fond il y avait autre chose, et que la reine s'étudiait à le lui cacher. N'étant plus maîtresse de son inquiétude, elle prit la résolution d'aller trouver la fameuse fée du désert, dont le savoir faisait grand bruit par-tout : elle avait envie aussi de lui demander son conseil, pour demeurer fille ou pour se marier : car tout le monde la pressait fortement de choisir un époux : elle prit soin de pétrir elle-même le gâteau qui pouvait appaiser la fureur des lions : et faisant semblant de se coucher le soir de bonne heure, elle sortit par un petit degré dérobé, le visage couvert d'un grand voile blanc, qui tombait jusqu'à ses pieds ; et ainsi seule elle s'achemina vers la grotte où demeurait cette habile fée.

Mais, en arrivant à l'oranger fatal dont j'ai déjà parlé, elle se vit si couverte de fruits et de fleurs, qu'il lui prit envie d'en cueillir : elle posa sa corbeille par terre, et prit des oranges, qu'elle mangea : quand il fut question de retrouver sa corbeille et son gâteau, il n'y avait plus rien : elle s'inquiète, elle s'afflige, et voit tout-d'un-coup auprès d'elle, l'affreux petit nain dont j'ai déjà parlé. Qu'avez-vous, la belle fille, qu'avez-vous à pleurer, lui dit-il? Hélas! qui ne pleurerait, répondit-elle, j'ai perdu mon panier et mon gâteau, qui m'étaient si nécessaires pour arriver à bon port chez la fée du désert. Hé! que lui voulez-vous, la belle fille, dit ce petit magot, je suis son parent, son ami, et pour le moins aussi habile qu'elle? La reine : ma mère, répliqua la princesse, est tombée depuis quelque tems dans une tristesse affreuse, qui me fait tout craindre pour sa vie : j'ai dans l'esprit que j'en suis peut-être la cause, car elle souhaite de me marier : je vous avoue que je n'ai encore rien trouvé digne de moi ; toutes ces raisons m'engagent à vouloir parler à la fée. N'en prenez point la peine, princesse, lui dit le nain, je suis plus propre qu'elle, à vous éclaircir sur ces choses.

La reine votre mére a du chagrin de vous avoir promise en mariage. La reine m'a promise, dit-elle, en l'interrompant! Ah ! sans doute vous vous trompez : elle me l'aurait dit, et j'y ai trop d'intérêt, pour qu'elle m'engage sans mon consentement. Belle princesse, lui dit le nain, en se jetant tout-d'un-coup à ses genoux, je me flatte que ce choix ne vous déplaira point, quand je vous aurai dit que c'est moi qui suis destiné à ce bonheur. Ma mère vous veut pour son gendre, s'écria Toute-Belle, en reculant quelques pas, est-il une folie semblable à la vôtre ? Je me soucie fort peu, dit le nain en colère, de cet honneur : voici les lions qui s'approchent, en trois coups de dents ils

m'auront

m'auront vengé de votre injuste mépris.

En même-tems la pauvre princesse les entendit qui venaient avec de longs hurlemens. Que vais-je devenir, s'écria-t-elle ? Quoi je finirai donc ainsi mes beaux jours ? Le méchant nain la regardait, et riant dédaigneusement. Vous aurez au moins la gloire de mourir fille, lui dit-il, et de ne pas mésalier votre éclatant mérite, avec un misérable nain tel que moi. De grâce, ne vous fâchez pas, lui dit la princesse, en joignant ses belles mains, j'aimerais mieux épouser tous les nains de l'univers, que de périr d'une manière aussi affreuse. Regardez-moi bien, princesse, avant que de me donner votre parole, répliqua-t-il, car je ne prétends pas vous surprendre : je vous ai regardé de reste, lui dit-elle, les lions approchent, ma frayeur augmente : sauvez-moi, ou la peur me fera mourir.

Effectivement elle n'avait pas achevé ces mots, qu'elle tomba évanouie ; et sans savoir comment, elle se trouva dans son lit, avec le plus beau linge du monde, les plus beaux rubans, et une petite bague faite d'un seule cheveux roux, qui tenait si fort, qu'elle se serait plutôt arraché la peau, qu'elle ne l'aurait ôtée de son doigt.

Quand la princesse vit toutes ces choses, et qu'elle se souvint de ce qui s'était passé la nuit, elle tomba dans une mélancolie qui surprit et qui inquiéta toute la cour : la reine en fut plus alarmée que personne, elle lui demanda cent et cent fois ce qu'elle avait : elle s'opiniâtra à lui cacher son aventure. Enfin, les états du royaume, impatiens de voir leur princesse mariée, s'assemblèrent et vinrent ensuite trouver la reine pour la prier de lui choisir au plutôt un époux. Elle répliqua, qu'elle ne demandait pas mieux, mais que sa fille y témoignait tant de répugnance, qu'elle leur conseillait de l'aller trouver et de la harranguer : ils y furent sur-le-champ. Toute-Belle avait bien rabattu de sa fierté, depuis son aventure avec le nain Jaune, elle ne comprenait pas de meilleur moyen pour se tirer d'affaire, que de se marier à quelque grand roi, contre lequel ce petit magot ne serait pas en état de disputer une conquête si glorieuse. Elle répondit donc plus favorablement que l'on ne l'avait espéré, qu'encore qu'elle se fût estimée heureuse de rester fille toute sa vie, elleconsentait à épouser le roi des Mines d'or : c'était un prince très-puissant et trés-bien fait, qui l'aimait avec la dernière passion depuis quelques années, et qui jusqu'alors n'avait pas eu lieu de se flatter d'aucun retour.

Il était aisé de juger de l'excès de sa joie, lorsqu'il apprit de si charmantes nouvelles, et de la fureur de tous ses rivaux, de perdre pour toujours une espérance qui nourrissait leur passion : mais Toute-Belle ne pouvait pas épouser vingt rois : elle avait eu même bien de la peine d'en choisir un, car sa vanité ne se démentait point, et elle était fort persuadée que personne au monde ne pouvait lui être comparable.

L'on prépara toutes les choses nécessaires pour la grande fête de l'univers : Le roi des Mines d'or fit venir des sommes si prodigieuses, que toute la mer était couverte des navires qui les apportaient : l'on envoya dans les cours les plus polies et les plus galantes, et particulièrement à celle de France, pour avoir ce qu'il y avait de plus rare, afin de parer la princesse : elle avait moins besoin qu'une autre, des ajustemens qui relevèrent sa beauté, la sienne était si parfaite, qu'il ne s'y pouvait rien ajouter, et le roi des Mines d'or se voyant sur le point d'être heureux, ne quittait plus cette charmante princesse.

L'intérêt qu'elle avait à le connaître, l'obligea de l'étudier avec soin ; elle lui découvrit tant de mérite, tant d'esprit, des sentimens si vifs et si délicats, enfin une si belle âme dans un corps si parfait, qu'elle commença de ressentir pour lui une partie de ce qu'il ressentait pour elle. Quels heureux momens pour l'un et pour l'autre, lorsque dans les plus beaux jardins du monde, ils se trouvaient en liberté de se découvrir toute leur tendresse: ces plaisirs étaient souvent secondés par ceux de la musique. Le roi, toujours galant et amoureux, faisait des vers et des chansons pour la princesse : en voici une, qu'elle trouva fort agréable.

Ces bois en vous voyant, son parés de feuillages,
Et ces près font briller leurs charmantes couleurs,
Le zéphir sous vos pas fait éclore les fleurs,
Les oiseaux amoureux redoublent leur ramage;
Dans ce charmant séjour,
Tout rit, tout reconnaît la fille de l'amour.

L'on était au comble de la joie : les rivaux du roi, désespérés de sa bonne fortune, avaient quitté la cour : ils étaient retournés chez eux, accablés de la plus vive douleur, ne pouvant être témoins du mariage de Toute-Belle ; ils lui dirent adieu d'une manière si touchante, qu'elle ne put s'empêcher de les plaindre. Ah! madame, lui dit le roi des Mines d'or, quel larcin me faites-vous aujourd'hui? vous accordez votre pitié à des amans qui sont trop payés de leurs peines, par un seul de vos regards. Je serais fâchée, répliqua Toute-Belle, que vous fussiez insensible à la compassion que j'ai témoignée aux princes qui me perdent pour toujours, c'est une preuve de votre délicatesse dont je vous tiens compte ; mais, seigneur, leur état est si différent du vôtre ; vous devez être si content de moi : ils ont si peu de sujet de s'en louer, que vous ne devez pas pousser plus loin votre jalousie. Le roi des Mines-d'or, tout confus de la manière obligeante dont la princesse prenait une chose qui pouvait la chagriner, se jeta à ses pieds, et lui baisant les mains, il lui demanda mille fois pardon.

Enfin, ce jour tant attendu et tant souhaité arriva : tout étant prêt pour les noces de Toute-Belle, les instrumens et les trompettes annoncèrent, par toute la ville, cette grande fête ; l'on tapissa les rues, elles furent jonchées de fleurs, le peuple en foule accourut dans la grande place du palais : la reine ravie, s'était à peine couchée, et elle se leva plus matin que l'aurore, pour donner les ordres nécessaires, et pour choisir les pierreries dont la princesse devait être parée ; ce n'était que diamans jusqu'à ses souliers, ils en étaient faits, sa robe de brocard d'argent était chamarée d'une douzaine de rayons du soleil que l'on avait achetés bien cher ; mais aussi rien n'était plus brillante, et il n'y avait que la beauté de cette princesse qui pût être plus éclatante : une riche couronne ornait sa tête, ses cheveux flottaient jusques à ses pieds, et la majesté de sa taille se faisait distinguer au milieu de toutes les dames qui l'accompagnaient.

Le roi des Mines dor n'était pas moins accompli ni moins magnifique : sa joie paraissait sur son visage et dans toutes ses actions : personne ne l'abordait, qui ne s'en retournât chargé de ses libéralités : car il avait fait arranger autour de la salle des festins, mille tonneaux remplis d'or, et de grands sacs de velours en broderie de perles, que l'on remplissait de pistoles, chacun en pouvait tenir cent milles : on les donnait indifférement à ceux qui tendaient la main : de sorte que cette petite cérémonie, qui n'était pas une des moins utiles et des moins agréables de la noce, y attira beaucoup de personnes qui étaient peu sensibles à tous les autres plaisirs.

La reine et la princesse s'avançaient pour sortir avec le roi, lorsqu'elles virent entrer dans une longue galerie où elles étaient, deux gros coqs-d'inde qui traînaient une boîte fort mal faite : il venait derrière eux une grande vieille, dont l'âge et la décrépitude ne surprirent pas moins que son extrême laideur; elle s'appuyait sur une béquille, elle avait une fraise de taffetas noir, un chaperon de velours rouge, un vertugadin en guenille : elle fit trois tours avec les coqs-d'inde, sans dire une parole, puis, s'arrêtant au milieu de la galerie, et branlant sa béquille d'une maniére menaçante: Ho, ho, reine: ho, ho, princesse, s'écria-t-elle, vous prétendez donc fausser impunément la parole que vous avez donnée à mon ami le nain Jaune : je suis la fée du désert; sans lui, sans son oranger, ne savez-vous pas que les grands lions vous auraient dévorées? l'on ne souffre pas dans le royaume de Féerie de telles insultes : songez promptement à ce que vous voulez faire; car je jure, par mon escoëfion, que vous l'épouserez, ou que je brûlerai ma béquille.

Ah! princesse, dit la reine, en pleurant, qu'est-ce que j'apprends : qu'avez-vous promis? Ah! ma mère, répliqua douloureusement Toute-Belle, qu'avez-vous promis vous-même ? Le roi des Mines d'or, indigné de ce qui se passoit, et que cette méchante vieille vînt s'opposer à sa félicité, s'approcha d'elle, l'épée à la main, et la portant à sa gorge : Malheureuse, lui dit-il, éloigne-toi de ces lieux pour jamais, ou la perte de ta vie me vengera de ta malice.

Il eut à peine prononcé ces mots, que le dessus de la boîte sauta jusqu'au plancher avec un bruit affreux, et l'on en vit sortir le nain Jaune, monté sur un gros chat d'Espagne, qui vint se mettre entre la fée du désert et le roi des Mines d'or : jeune téméraire, lui dit-il, ne pense pas outrager cette illustre fée : c'est à moi seul que tu as à faire, je suis ton rival, je suis ton ennemi : l'infidèle princesse qui veut se donner à toi, m'a donné sa parole, et reçu la mienne : regarde si elle n'a pas une bague d'un de mes cheveux ; tâche de lui ôter, et tu verras par ce petit essai, que ton pouvoir est moindre que le mien. Misérable monstre, lui dit le roi, as-tu bien la témérité de te dire l'adorateur de cette divine princesse et de prétendre à une possession si glorieuse? Songes-tu que tu es un magot, dont l'hideuse figure fait mal aux yeux, et que je t'aurais déjà ôté la vie, si tu étais digne d'une mort si glorieuse. Le nain Jaune, offensé jusqu'au fond de l'ame, appuya l'éperon dans le ventre de son chat, qui commença un miaulis épouvantable, et sautant deça et de là, il faisait peur à tout le monde, hors au brave roi, qui serrait le nain de près, quand il tira un large coutelas dont il était armé : et défiant le roi au combat il descendit dans la place du palais, avec un bruit étrange.

Le roi courroucé le suivit à grands pas A peine furent-ils vis-à vis l'un de l'autre, et de toute la cour sur des balcons, que le soleil devenant tout-d'un-coup aussi rouge que s'il eût été ensanglanté, il s'obscurcit à tel point, qu'à peine se voyait-t-on : le tonnerre et les éclairs semblaient vouloir abymer le monde: et les deux coqs d'inde parurent aux côtés du mauvais nain, comme deux géans, plus hauts que des montagnes, qui jetaient le feu par la bouche et par les yeux, avec une telle abondance, qu'on eût cru que c'était une fournaise ardente. Toutes ces choses n'auraient point été capables d'effrayer le cœur magnanime du jeune monarque : il marqait une intrépidité dans ses regards et dans ses actions, qui rassurait tous ceux qui s'intéressaient à sa conservation et qui embarassait peut-être le nain Jaune : mais son courage ne fut pas à l'épreuve de l'état où il aperçut sa chère princesse, lorsqu'il vit la fée du désert coiffée en Tisiphonne, sa tête couverte de longs serpens, montée sur un griffon aîlé, armée d'une lance dont elle la frappa si rudement, qu'elle la fit tomber entre les bras de la reine, toute baignée de son sang. Cette tendre mère, plus blessée du coup que sa fille ne l'avait été, poussa des cris, et fit des plaintes que l'on ne peut représenter. Le roi perdit alors son courage et sa raison; il abandonna le combat, et courut vers la princesse, pour la sécourir ou pour expirer avec elle : mais le nain Jaune ne lui laissa pas le tems de s'en approcher, il s'élança avec son chat espagnol, dans le balcon où elle était : il l'arracha des mains de la reine et de celles de toutes ces dames, puis sautant sur le toit du palais, il disparut avec sa proie.

Le roi, confus et immobile, regardait avec le dernier désespoir une aventure si extraordinaire; et à laquelle il était assez malheureux de ne pouvoir apporter aucun remède : quand, pour comble de disgrace, il sentit que ses yeux se couvraient, qu'il perdait la lumière, et que quelqu'un d'une force extraordinaire l'emportait dans le vaste espace de l'air. Que de disgraces, amour, cruel amour, est ce ainsi que tu traites ceux qui te reconnaissent pour leur vainqueur?

Cette mauvaise fée du désert, qui était

venue avec le nain Jaune pour le seconder dans l'enlèvement de la princesse, eut à peine vue le roi des Mines d'or, que son cœur barbare devenant sensible au mérite de ce jeune prince, elle en voulut faire sa proie, et l'emporta au fond d'une affreuse caverne, où elle le chargea de chaînes qu'elle avait attachées à un rocher : elle espérait que la crainte d'une mort prochaine lui ferait oublier Toute-Belle, et l'engagerait de faire ce qu'elle voudrait. Dès qu'elle fut arrivée, elle lui rendit la vue, sans lui rendre la liberté, et empruntant de l'art de féeries, les grâces et les charmes que la nature lui avait refusés, elle parut devant lui comme une aimable nymphe, que le hasard conduisait dans ces lieux.

Que vois-je, s'écria-t-elle ? Quoi, c'est vous, prince charmant : quelle infortune vous accable et vous retient dans un si triste séjour ? Le roi déçu par des apparences si trompeuses, lui répliqua : hélas ! belle nymphe, j'ignore ce que me veut la furie infernale qui m'a conduit ici : bien qu'elle m'ait ôté l'usage de mes yeux lorsqu'elle m'a enlevé, et qu'elle n'ait point paru depuis, je n'ai pas laissé de reconnaître au son de sa voix, que c'est le fée du désert. Ah ! seigneur, s'écria la fausse nymphe, si vous êtes entre les mains de cette femme, vous n'en sortirez point qu'après l'avoir épousée : et c'est la personne du monde la moins traitable sur ses entêtemens. Pendant qu'elle feignait de prendre beaucoup de part à l'affliction du roi, il apperçut les pieds de la nymphe, qui étaient semblables à ceux d'un griffon, c'était toujours à cela qu'on reconnaissait la fée dans ses différentes méthamorphoses : car à l'égard de ce griffonnage, elle ne pouvait le changer.

Le roi n'en témoigna rien, et lui parlant sur un ton de confiance : je ne sens aucune avertion, lui dit-il, pour la fée du désert ; mais il ne m'est point supportable qu'elle protège le nain Jaune contre moi, et qu'elle me tienne enchaîné comme un criminel. Que lui ai-je fait? j'ai aimé une princesse charmante : mais si elle me rend ma liberté, je sens bien que la reconnaissance m'engagera à n'aimer qu'elle Parlez-vous sincèrement, lui dit la nymphe déçue? n'en doutez pas répliqua le roi, je ne sais point l'art de feindre, et je vous avoue qu'une fée peut flatter davantage ma vanité, qu'une simple princesse ; mais quand je voudrais mourir d'amour pour elle, je lui témoignerai toujours de la haine, jusqu'à ce que je sois maître de sa liberté.

La fée du désert, trompée par ces paroles, prit la résolution de transporter le roi dans un lieu aussi agréable que cette solitude était affreuse, de manière que l'obligeant à monter dans son chariot où elle avait attaché des cignes, au lieu de chauve-souris qui le conduisaient ordinairement, elle vola d'un pôle à l'autre.

Mais que devint ce prince, lorsqu'en traversant ainsi le vaste espace de l'air,

Il apperçut sa chère princesse dans un château d'acier, dont les murs frappés par les rayons du soleil, faisaient des miroirs ardents qui brûlaient tous ceux qui voulaient en approcher; elle était dans un bocage, couchée sur le bord d'un ruisseau, une de ses mains sous sa tête, et de l'autre elle semblait essuyer ses larmes: comme elle levait les yeux au ciel pour lui demander quelque secours, elle vit passer le roi avec la fée du désert, qui ayant employé l'art de la féerie où elle était experte, pour paraître belle aux yeux du jeune monarque, parut en effet à ceux de la princesse, la plus merveilleuse personne du monde. Quoi! s'écria-t-elle, ne suis-je donc pas assez malheureuse dans cet inaccessible château, où l'affreux nain Jaune m'a transportée; faut-il que pour comble de disgrace, le démon de la jalousie vienne me persécuter? Faut-il que par une aventure si extraordinaire, j'apprenne l'infidélité du roi des Mines d'or: il a cru en me perdant de vue, être affranchi de tous les sermens qu'il m'a faits. Mais qui est cette redoutable rivale, dont la fatale beauté surpasse la mienne ?

Pendant qu'elle parlait ainsi, l'amoureux roi ressentait une peine mortelle de s'éloigner avec tant de vîtesse, du cher objet de ses vœux. S'il avait moins connu le pouvoir de la fée, il aurait tout tenté pour se séparer d'elle, soit en lui donnant la mort, ou par quelqu'autre moyen que son amour et son courage lui aurait fourni; mais que faire contre une personne si puissante ? il n'y avait que le tems et l'adresse qui pussent le retirer de ses mains.

La fée avait aperçu Toute-Belle, et cherchait dans les yeux du roi à pénétrer l'effet que cette vue aurait pu produir sur son cœur. Personne ne peut mieux que moi vous apprendre, lui dit-il, ce que vous voulez savoir : la rencontre imprévue d'une princesse malheureuse, et pour laquelle j'avais de l'attachement avant d'en prendre pour vous, m'a un peu ému : mais vous êtes si fort au-dessus d'elle dans mon esprit, que j'aimerais mieux mourir que de vous faire une infidélité. Ah ! prince, lui dit-elle, puis-je me flatter de vous avoir inspiré des sentimens si avantageux en ma faveur ? Le tems vous en convaincra, madame, lui dit-il : mais si vous vouliez me convaincre que j'ai quelque part dans vos bonnes grâces, ne me refusez point votre secours pour Toute-Belle. Pensez-vous à ce que vous me demandez, lui dit la fée, en fronçant le sourcil, et le regardant de travers ? Vous voulez que j'emploie ma science contre le nain Jaune, qui est mon meilleur ami ; que je retire de ses mains une orgueilleuse princesse, que je ne puis regarder que comme ma rivale. Le roi soupira sans rien répondre : qu'aurait-il répondu à cette pénétrante personne ?

Ils arrivèrent dans une vaste prairie, émaillée de mille fleurs différentes : une profonde rivière l'entourait, et plusieurs ruisseaux de fontaine coulaient doucement sous des arbres touffus, où l'on trouvait une fraicheur éternelle : l'on voyait en éloignement s'élever un superbe palais dont les murs étaient de transparentes émeraudes. Aussi-tôt que les cignes qui conduisaient la fée se furent abbaissés sous un portique ; dont le pavé était de diamans et les voûtes de rubis, il parut de tous côtés mille belles personnes, qui vinrent la recevoir avec de grandes acclamations de joie ; elles chantaient ces paroles.

Quand l'amour veut d'un cœur emporter la victoire,
On fait pour résister des efforts superflus,
On ne fait qu'augmenter sa gloire,
Les plus puissans vainqueurs sont les premiers vaincus.

La fée du désert était ravie d'entendre chanter ses amours : elle conduisit le roi dans le plus superbe appartement qui se soit jamais vu de mémoire de fée ;

et elle l'y laissa quelques momens pour qu'il ne se crût pas absolument captif : il se douta bien qu'elle ne s'éloignait guère et qu'en quelque lieu caché, elle observait ce qu'il faisait : cela l'obligea de s'approcher d'un grand miroir, et s'adressant à lui : Fidèle conseiller, lui dit-il, permets que je voie ce que je peux faire pour me rendre agréable à la charmante fée du désert, car l'envie que j'ai de lui plaire, m'occupe sans cesse : aussi-tôt il se peigna, se poudra, se mit une mouche, et voyant sur une table un habit plus magnifique que le sien, il le mit en diligence.

La fée entra si transportée de joie, qu'elle ne pouvait la moderer. Je vous tiens compte, lui dit-elle, des soins que vous prenez pour me plaire, vous en avez trouvé le secret, même sans le chercher : jugez donc, seigneur, s'il vous sera difficile, lorsque vous le voudrez.

Le roi, qui avait des raisons pour dire

des douceurs à la vieille fée, ne les épargna pas, et il en obtint insensiblement la liberté de s'aller promener le long du rivage de la mer. Elle l'avait rendu par son art si terrible et si orageuse, qu'il n'y avait point de pilote pour naviguer dessus ; ainsi elle ne devait rien craindre de la complaisance qu'elle avait pour son prisonnier : il sentit quelque soulagement à ses peines, de pouvoir rêver seul, sans être interrompu par sa méchante geolière.

Après avoir marché assez longtems sur le sable ; il se baissa et écrivit ces vers avec une canne qu'il tenait dans sa main :

Enfin je puis en liberté,
Adoucir mes douleurs par un torrent de larmes.
Hélas je ne vois plus les charmes
De l'adorable objet qui m'avait enchanté.
Toi qui rends aux mortels ce bord inaccessible,
Mer orageuse, mer terrible,
Que poussent les vents furieux,

Tantôt jusqu'aux enfers, et tantôt jusqu'aux cieux,
Mon cœur est encore moins paisible,
Que tu ne paraîs à mes yeux.
Toute-Belle ! Oh ! destin barbare,
Je perds l'objet de mon amour,
Oh ! ciel, dont l'arrêt m'en sépare,
Pourquoi diffères-tu de me ravir le jour ?
Divinité des ondes,
Vous avez de l'amour ressenti le pouvoir,
Sortez de vos grottes profondes,
Secourez un amant réduit au désespoir.

Comme il écrivait, une voix, qui attira malgré lui toute son attention, et voyant que les flots grossissaient, il regardait de tous côtés, lorsqu'il aperçut une femme d'une beauté extraordinaire, son corps n'était couvert que par ses longs cheveux, qui doucement agités des zéphirs, flottaient sur l'onde. Elle tenait un miroir dans l'une de ses mains, et un peigne dans l'autre, une longue queue de poisson avec des nageoires terminaient son corps. Le roi demeura bien surpris d'une rencontre si extraordinaire; dèsqu'elle fut à portée de lui parler elle lui dit : je sais le triste état où vous êtes réduit par l'éloignement de votre princesse, et par la bisarre passion que la fée du désert a prise pour vous; si vous voulez, je vous tirerai de ce lieu fatal où vous languirez peut-être encore plus de trente ans. Le roi ne savait que répondre à cette proposition; ce n'était pas manque d'envie de sortir de captivité, mais il craignait que la fée du désert n'eût emprunté cette figure pour le décevoir. Comme il hésitait, la sirène qui devina sa pensée, lui dit : Ne croyez pas que ce soit un piége que je vous tends, je suis de trop bonne foi, pour vouloir servir vos ennemis : le procédé de la fée du désert, et celui du nain Jaune, m'ont aigrie contre eux, je vois tous les jours votre infortunée princesse, sa beauté et son mérite me font une égale pitié, et je le vous répète encore, si vous avez de la confiance en moi, je vous sauverai. J'y en ai une si parfaite, s'écria le roi, que je ferai tout ce que vous m'ordonnerez; mais puisque vous avez vu ma princesse, apprenez-moi de ses nouvelles. Nous perderions trop de tems à nous entretenir, lui dit-elle; venez avec moi, je vais vous porter au château d'acier, et laisser sur ce rivage une figure qui vous ressemblera si fort que la fée en sera la dupe.

Elle coupa aussi-tôt des joncs marins: elle en fit un gros paquet, et soufflant trois fois dessus, elle leur dit: Joncs marins, mes amis, je vous ordonne de rester étendus sur le sable, sans en partir jusqu'à ce que la fée vous vienne enlever: les joncs parurent couverts de peau, et si semblables au roi des Mines d'or, qu'il n'avait jamais vu une chose si surprenante: ils étaient vêtu d'un habit comme le sien, ils étaient pâles et défaits, comme s'il se fut noyé: en même-tems la bonne sirène fit asseoir le roi sur sa grande queue de poisson, et tous les deux voguèrent en plaine mer, avec une égale satisfaction.

Je veux bien à présent, lui dit-elle, vous apprendre que lorsque le méchant nain Jaune eut enlevé Toute-Belle, il la mit, malgré la blessure que la fée du désert lui avait faite, en trousse derrièrre lui sur son terrible chat d'Espagne : elle perdait tant de sang, et elle était si troublée de cette aventure, que ses forces l'abandonnèrent : elle resta évanouie pendant tout le chemin : mais le nain Jaune ne voulut point s'arrêter pour la secourir, qu'il ne se vît en sûreté dans son terrible château d'acier : il y fut reçu par les plus belles personnes du monde, qu'il y avait transportées. Chacune à l'envi lui marqua son empressement pour servir la princesse ; elle fut mise dans un lit de drap d'or, chamaré de perles plus grosses qu'une noix. Ah ! s'écria le roi des Mines d'or, en interrompant la sirène, il l'a épousée, je pâme, je me meurs. Non, lui dit-elle, seigneur, rassurez-vous, la fermeté de Toute-Belle l'a garantie des violences de cet affreux nain. Achevez donc, dit le roi, Qu'ai-je à vous dire davantage, continua la sirène? Elle était dans le bois, lorsque vous avez passé, elle vous a vu avec la fée du désert, elle était si fardée, qu'elle lui a paru d'une beauté supérieure à la sienne: son désespoir ne peut se comprendre, elle croit que je l'aime! justes dieux, s'écria le roi, dans quelle fatale erreur est-elle tombée, et que dois-je faire pour l'en détromper? Consultez votre cœur, répliqua la sirène avec un gracieux sourire, lorsque l'on est fortement engagé, l'on n'a point besoin de conseils. En achevant ces mots, ils arrivèrent au château d'acier le côté de la mer était le seul endroit que le nain Jaune n'avait pas revêtu de ces formidables murs qui brûlaient tout le monde.

Je sais fort bien, dit la sirène au roi,

que Toute-Relle est au bord de la même fontaine où vous la vîtes en passant : mais comme vous aurez des ennemis à combattre avant que d'y arriver. voici une épée avec laquelle vous pouvez tout entreprendre, et affronter les plus grands périls, pourvu que vous ne la laissiez pas tomber. Adieu, je vais me retirer sous le rocher que vous voyez : si vous avez besoin de moi pour vous conduire plus loin avec votre chère princesse, je ne vous manquerai point, car la reine sa mère est ma meilleure amie, et c'est pour la servir que je suis venue vous chercher. En achevant ces mots, elle donna au roi une épee faite d'un seul diamant : les rayons du soleil brillen moins : il en comprit toute l'utilité, et ne pouvant trouver des termes assez forts pour lui marquer sa reconnaissance : il la pria d'y vouloir supléer, en imaginant ce qu'un cœur bien fait est capable de ressentir pour de si grandes obligations.

Il faut dire quelque chose de la fée

du désert. Comme elle ne vit point revenir son aimable amant, elle se hâta de l'aller chercher : elle fut sur le rivage avec cent filles de sa suite, toutes chargées de présens magnifiques pour le roi. Les unes portaient des corbeilles remplies de diamans, les autres des vases d'or d'un travail merveilleux, plusieurs de l'ambe gris, du corail, et des perles : d'autres avaient sur leurs têtes des ballots d'étoffes d'une richesse inconcevable, quelqu'autres encore des fruits, des fleurs et jusqu'à des oiseaux. Mais que devint la fée, qui marchait après cette galante et nombreuse troupe, lorsqu'elle aperçut les joncs si semblables au roi des Mines d'or, que l'on n'y reconnaissait aucune différence. A cette vue, frappée d'étonnement, et de la plus vive douleur, elle jeta un cri si épouvantable, qu'il pénétra les cieux, fit trembler les monts, et retentit jusqu'aux enfers. Mégère furieuse, Alecto, Tisiphone, ne sauraient prendre des figures plus redoutables que celle qu'elle prit. Elle se jeta sur le corps du roi, elle pleura, elle heurla, elle mit en pièces cinquante des plus belles personnes qui l'avaient accompagnée, les immolant aux mânes de ce cher défunt. Ensuite elle appela onze de ses sœurs qui étaient des fées comme elle, les priant de lui aider à faire un superbe mausolée à ce jeune héros. Il n'y en eut pas une qui ne fût la dupe des joncs marins. Cet événement est assez propre à surprendre, car les fées savaient tout; mais l'habile siréne en savait encore plus qu'elles.

Pendant qu'elles fournissaient le porphyre, le jaspe, l'agathe et le marbre les statues, les devises, l'or et le bronze pour immortaliser la mémoire du roi qu'elles croyaient mort, il remerciait l'aimable sirène, la conjurant de lui accorder sa protectiou; elle s'y engagea de la meilleure grâce du monde, et disparut à ses yeux. Il n'eut plus rien à faire qu'à s'avancer vers le château d'acier.

Ainsi guidé par son amour, il marcha à grands pas, regardant d'un œil curieux s'il apercevrait son adorable princesse : mais il ne fut pas long-tems sans occupation : quatre sphinx terribles l'environnèrent, et jetant sur lui leur griffes aigues ils l'auraient mis en pièces, si l'épée de diamans n'avait commencé à lui être aussi utile que la sirène l'avait prédit. Il la fit à peine briller aux yeux de ces monstres, qu'ils tombèrent sans forces à ses pieds : il donna à chacun un coup mortel, puis s'avançant encore, il trouva six dragons couverts d'écailles, plus difficiles à pénétrer que le fer. Quelque effrayante que fût cette rencontre, il demeura intrépide, et se servant de sa redoutable épée, il n'y en eut pas un qu'il ne coupât par la moitié : il espérait d'avoir surmonté les plus grandes difficultés, quand il lui en survint une bien plus embarrassante. Vingt-quatre nymphes, belles et gracieuses, vinrent à sa rencontre, tenant de longues guirlandes de fleurs, dont elles lui fermaient le passage: Où voulez-vous aller, seigneur, lui dirent-elles? nous sommes commises à la garde de ces lieux: si nous vous laissions passser, il en arriverait à vous et à nous des malheurs infinis; de grace, ne vous opiniâtrez point; voudriez-vous tremper votre main victorieuse, dans le sang de vingt-quatre filles innocentes, qui ne vous ont jamais causé de déplaisir? Le roi demeura interdit et en suspens; il ne savait à quoi se résoudre: lui, qui faisait profession de respecter le beau sexe, et d'en être le chevalier à toute outrance, il fallait que dans cette occasion il se portât à le détruire: mais une voix qu'il entendit, le fortifia tout-d'un-coup. Frappes, frappes: n'épargnes rien lui dit cette voix, ou tu perds ta princesse pour jamais.

En même-tems, sans rien répondre à ces nymphes, il se jette au milieu d'elles, rompt leurs guirlandes, les attaque sans nul quartier, et les dissipe en un moment.

c'était un des derniers obstacles qu'il devait trouver : il entra dans le petit bois où il avait vu Toute-Belle : elle y était, au bord de la fontaine, pâle et languissante. Il l'aborde, en tremblant, il veut se jetter à ses pieds; mais elle s'éloigne de lui avec autant de vîtesse et d'indignation que s'il eut été le nain Jaune. Ne me condamnez point sans m'entendre, madame, lui dit-il : je ne suis ni infidèle, ni coupable : je suis un malheureux qui vous ai déjà déplu sans le vouloir. Ah ! barbare, s'écria-t-elle, je vous ai vu traverser les airs avec une personne d'une beauté extraordinaire : est-ce malgré vous que vous faisiez ce voyage ? Oui princesse, lui dit-il, c'était malgré moi : la méchante fée du désert ne s'est pas contentée de m'enchaîner à un rocher, elle m'a enlevé dans un char, jusqu'à un des bouts de la terre, où je serais encore à languir, sans le secours inespéré d'une sirène bienfaisante, qui m'a conduit jusqu'ici. Je viens, ma princesse, pour vous arracher, des indignes mains qui vous retiennent captive : ne refusez pas le secours du plus fidèle de tous les amans : il se jeta à ses pieds. et l'arrêtant par sa robe, il laissa malheureusement tomber sa redoutable épée. Le nain Jaune qui se tenait caché sous une laitue, ne la vit pas plutôt hors de la main du roi, qu'en connaissant tout le pouvoir, il se jeta dessus et s'en saisit.

La princesse poussa un cri terrible en apercevant le nain : mais ses plaintes ne servirent qu'à aigrir ce petit monstre : avec deux mots de son grimoire, il fit paraître deux géans qui chargèrent le roi de chaînes et de fers. C'est à présent, dit le nain, que je suis maître de la destinée de mon rival ; mais je lui veux bien accorder la vie et la liberté de partir de ces lieux, pourvu que sans différer vous consentiez à m'épouser. Ah ! que je meure plutôt mille fois, s'écria l'amoureux roi. Que vous mouriez, hélas ! la princesse, seigneur, est-il rien terrible? Que vous deveniez la victime de ce monstre, répliqua le roi, est-il rien de si affreux? Laissez-moi, ma princesse, la consolation de mourir pour vous. Je consens plutôt, dit-elle, au nain à ce que vous souhaitez. A mes yeux, reprit le roi, à mes yeux vous en ferez votre époux, cruelle princesse! la vie me serait odieuse. Non, dit le nain Jaune, ce ne sera point à tes yeux que je deviendrai son époux; un rival aimé m'est trop redoutable.

En achevant ces mots, malgré les cris et les pleurs de Toute-Belle, il frappa le roi droit au cœur, et l'étendit à ses pieds. La princesse ne pouvant survivre à son cher amant, se laissa tomber sur son corps, et ne fut pas long-tems sans unir son âme à la sienne. C'est ainsi que périrent ces illustres infortunés, sans que la sirène y pût apporter aucun remède : car la force du charme était dans l'épée de diamant.

Le méchant nain aima mieux voir la

princesse privée de vie, que de la [illegible] entre les bras d'un autre : et la fée du désert ayant appris cette aventure, détruisit le mosolée qu'elle avait élevé, concevant autant de haine pour la mémoire du roi des Mines d'or, qu'elle avait conçu de passion pour sa personne. La secourable sirène, désolée d'un si grand malheur, ne put rien obtenir du destin, que de les métamorphoser en palmier. Ces deux corps si parfaits devinrent deux beaux arbres : conservant toujours un amour fidèle l'un pour l'autre, ils se caressent de leurs branches entrelassées, et immortalisent leurs feux par leur tendre union.

Tel qui promet dans le naufrage,
Un hécatombe aux immortels,
Ne va pas seulement embrasser leur autels
Quand il se voit sur le rivage.
Chacun promet dans le danger ;
Mais le danger de Toute-Belle
T'apprend à ne point t'engager,
Si ton cœur au serment ne peut être [illegible]

FIN.

[illegible] 2 vol. in-1[illegible]

797 [illegible]ne, ou la bergère des [illegible]
vernes, 1 vol. in-[illegible]

798 [Vir]ginie Belmont, 1 vol. in-1[illegible]

799 Visdelina, ou le mamelouk français,
2 vol. in-18.

800 Voldemard, 2 vol. in-12.

801 Voyage dans la caverne du malheur,
2 vol. in-12.

802 Voyages du prince Amour, 2 vol.
in-12.

803 Zabet, 2 vol 12.

804 Zaïde, histoire espagnole, par M.
de Ségrais, 2 vol. in-12.

805 Zeïre et Zulica, histoire indienne,
2 vol. in-12.

806 Zélamir, ou les liaisons bisares, 1 vol.
in-12.

807 Zélica, roman pastoral, 1 vol. in 18.

808 Zélie dans le désert, 4 vol. in-18.

809 Zélomir par Morel Vindé, 1 vol in 1[illegible]

www.ingramcontent.com/pod-product-compliance
Lightning Source LLC
LaVergne TN
LVHW012006220826
846092LV00001B/253

* 9 7 8 2 3 2 9 7 8 8 0 0 5 *